JN075453

マドンナメイト文庫

AI妊活プロジェクト 僕だけのハーレムハウス

綾野 馨

目次

contents

ＡＩ妊活プロジェクト　僕だけのハーレムハウス

プロローグ

【ＡＩ活用による計画的人口増ミッション　参加者の皆さまへ】

渡されたＡ４版の紙の冒頭にはそう記されていた。

「あの、これ、なんですか？　誰かほかの人と間違えているのでは？　僕は学校の身体検査で不整脈の疑いがあるって言われて、精密検査のために来ているんですけど」

四月も下旬に差しかかった水曜日の放課後、精密検査を受けるために指定された公立病院を訪れた私立高校二年生の桑沢正樹《くわさわまさき》は、案内された個室のベッドに腰をおろしたまま戸惑いの表情で目の前に立つ女性ナースを見つめた。

（検査室ではなく病棟の個室に案内されたときからおかしいとは思っていたけど、やっぱり誰かと間違えられているよな）

検査で心電図などを取ると思っていたため、正樹は詰め襟《えり》の学生服を脱いだ状態であった。そのため高校生だとは認識されていないのでは、という考えが脳裏をよぎる。

（それにしても『ＡＩ妊活』の参加者に間違われるなんて……）

ＡＩ活用による計画的人口増ミッション——通称「ＡＩ妊活」は、一月の通常国会で女性総理が行った施政方針演説で突如出てきたもので、十八歳（高校生は除く）から三十四歳までの健康な男女を対象とした、ＡＩ判定による妊活プロジェクトである。

任意参加であり、あくまでも少子化対策を目的としているため、一般的な「婚活」とは一線を画していた。その最たるものが、恋愛感情とは関係なく決められた相手と子作りをする点であり、このプロジェクトでは妊娠に対しては一千万円の子育て資金（非課税）と住居手当、子供が成人するまでの税制優遇が約束されていた。

一人の男性に複数女性という可能性もあるため否定的な意見や批判も多かったが、急速に進行する少子高齢化を食い止めることが急務とされ、半年間限定の実験導入が決まった施策であり、第一陣が六月開始とアナウンスされていた。

「Ｆ学園高校二年の桑沢正樹さんですよね？」

「は、はい、そうですけど」

「では、間違いではありません」

三十歳前後と思われる女性は手元の紙に視線を落とし、素っ気《そっけ》なく返してきた。

「で、でも、高校生は対象にはならないって……。それに僕、今年で十七歳ですよ。そもそも対象年齢に達していないですし、なによりあれ、任意参加だったんじゃ」

まったくもって状況が呑みこめない正樹は、必死に抗弁していく。

「その点についてはご説明申しあげます」

ネームプレートをつけていないため名前もわからない看護師からの説明に、正樹は呆然となった。頭が混乱し、なにをどう理解すればいいのかすらわからない。

「そ、そんな……。まったくの初耳、なんですけど……」

女性の説明によれば、都内の複数の高校が秘密裏に特別協力校として選ばれ、そこの生徒を対象として情操テストが行われた。確かに正樹も新学期早々テストは受けていたが、真の目的はプロジェクト参加者を選抜するためのものであったらしい。さらには特段の事由が認められない限り、強制参加とされていた。

(なんだよ、特別協力校って……。それに強制参加？　そんなのアリかよ)

「戸惑うのはわかるけど、これも運命だと思って受け入れてちょうだい」

それまで事務的に淡々と説明していた女性がここでふっと表情を緩め、親しみをこめた口調で訴えてきた。それまでは冷たい印象もあった女性から伝わってくる温かさに、正樹も少しだけ落ち着くことができた。

「そう言われても、僕、け、経験、ないですし……。それがいきなり知らない女の人と子作りなんて言われても……」

童貞告白に恥ずかしくなり、頰が一気に熱くなったのがわかる。

「あぁ、それは……。好きな子が相手じゃないのは確かにツライ部分もあると思う。でも、サポート体制はきちんと取られるはずだから。で、申し訳ないんだけど、マッチング用試料としてこのカップに精液、出してくれるかしら」

さすがに同情的になってくれているのか若干顔を曇らせつつ、女性が小さな蓋付きの小さなプラスチック製カップを差し出してきた。

「いや、いきなりそんなこと言われても無理ですよ。僕、本当にいま混乱していて、出す以前にそもそも勃《た》たないんじゃないかと……」

(なんだよこの羞恥プレイ。初対面の女性にこんなこと言わなきゃいけないなんて)

鏡を見なくても耳まで赤くなっていることは容易に想像できる。そのため正樹は恥ずかしさに耐えるように両手を膝に載せギュッと拳を握ると、顔を伏せた。

「まあ、そうよね……う～ん、しょうがないか、少しだけ協力してあげるわ」

そう言うと目の前の女性がいきなりナース服を脱ぎはじめた。

「えっ⁉　あっ、あの……ゴクッ……」

突然の展開に驚きの声をあげた正樹だが、初めて目《ま》の当たりにする女性の下着姿に言葉を失ってしまった。同時に学生ズボンの下でペニスがピクッと鎌首をもたげる。

（どっ、どうなってるの、これ？　まさか美人局《つつもたせ》とかそういうんじゃないよね。それにしてもこの看護師さん、スタイル、いいんだな）

少しキツめの顔の女性だが、そのプロポーションは見事であった。仕事柄派手な下着は着けないよう気をつけているのか、上下とも白のランジェリー。形よく盛りあがった双乳はけっして豊かではないが、それでもしっかりと存在が感じられ、ほどよく括れた腰回りの下には白いストッキング越しにやはり白のパンティが見えている。

正樹の呼吸が自然と荒くなっていた。無意識のうちに右手が股間へとのび、学生ズボン越しにいきり立つ強張《こわば》りをギュッと握ってしまう。

「どう？　少しはエッチな気分になれたかしら？」

「あっ！　いや、あっ、あの、ぼ、僕……」

女性の声にハッとした正樹はとたんに恥ずかしさが募り、慌てて視線をそらせた。

「いいのよ、そのために私も恥ずかしいの我慢してるんだから。さあ、ズボンとパンツ、脱いでちょうだい。ここに白いの出してもらえないと、終われないんだから」

（そうだった。「ＡＩ妊活」のための精液採取だった。でもなんで僕なんだよ）

採取カップの蓋を外した女性に、なぜこんなことになっているかを思い出す。

「あ、あの、自分でちゃんと出しますから、そ、その……」

腰をおろしていたベッドから立ちあがった正樹は、両手で股間を押さえた状態で看護師に対して暗に部屋から出てほしい旨《むね》を伝えた。

「いいの？　いまなら私が手でしてあげるつもりだったんだけど」

「えっ！　かっ、看護師さんが、僕のを？」

悪戯《いたずら》っぽい目で言われた瞬間、背筋がゾクゾクッと震え、予想外の提案にまじまじと目の前の女性を見つめてしまった。

「下着姿にまでなったんだから、最後まで面倒見てあげるわ。でも、絶対に誰にも言わないでね。こんなことがバレたらいろいろと私もマズいから。で、どうする？」

「あ、あの、じゃあ、おっ、お願い、します」

小首を傾《かし》げてみせる看護師に正樹は上ずった声で返事をし、学生ズボンのベルトを外した。緊張で小刻みに震える両手でボタンとファスナーを解放すると、ストンッと足首までズボンが落ちた。次いで黒のボクサーブリーフの縁に指を引っかけ、ズイッと引きおろす。ぶんっとうなるように完全勃起のペニスが飛び出してくる。

「あんッ、すっごく元気ね。とっても素敵よ」

少し鼻にかかった甘い囁《ささや》きに、再び背筋を震わせた正樹の羞恥が一気に膨れあがった。そのためすぐさま両手で股間を覆い隠してしまう。

「こら、ダメでしょう、手で隠しちゃ。見せてくれないと、してあげられないわよ」

下着姿のまま膝立ちとなった女性が手を離すよう促《うなが》してくる。

（あぁ、もう、どうにでもなれ！）

半分自棄《やけ》になった気持ちで正樹は勃起に被せていた両手を離した。裏筋を見せそそり立つ肉槍が、女性看護師の眼前に晒されていく。

「うふっ、そうよ。ふふっ、とっても立派よ。これならきっと相手の女性を悦ばせてあげられるから、もっと自信を持って」

さすがに恥ずかしいのか女性看護師の頬にも赤みが差していた。少し潤んだ瞳で見あげ囁いてくる女性に、正樹の全身がカッと熱くなる。

「じゃあ、触るわよ。出そうになったらすぐに言ってね。ここに出してもらわないといけないんだから」

蓋を開けたプラスチックカップを左手に持ち、看護師の右手がペニスへとのばされた。いきり立つ肉竿の中ほどがやんわりと握られる。

「ンはっ！　あっ、あぁぁぁぁ……」

ほっそりとした女性の指で勃起を握られた瞬間、正樹の背筋に鋭い愉悦が駆けあがった。一瞬にして眼前が白くなり、射精感が急速に迫《せ》りあがってくる。

「あまり大きな声、出さないで。誰かほかの人に見られたら困るんだから」

「す、すみません。すっごく気持ちよくって。すぐに出ちゃいそうです」

女性看護師からの注意にハッとなった正樹は、両手で口元を覆い隠した。

「これからは気をつけてね。それじゃあ、いい、こするわよ」

直後、なめらかな指先が血液漲る肉竿を優しく上下にこすりあげてきた。ビクンッとペニスが胴震いを起こし、張りつめた亀頭から先走りがこぼれ落ちていく。

「あぁ、気持ちいい。看護師さんの手、本当に、くぅぅ……おぉ……」

「君のも、とっても硬くて、熱くて、本当にたくましいわ。私まで変な気持ちになっちゃいそうよ」

「あぁ、看護師、さンッ」

リズミカルに強張りをしごきあげてくるナースの艶然とした微笑みに、正樹の腰が妖しくくねった。断続的な痙攣がペニスを襲い、溢れ出した先走りが肉竿に垂れ落ち、女性のスナップに合わせてクチュッ、ンチュッと粘ついた摩擦音を奏ではじめる。

「さあ、出して。我慢しないで、ここに白いのいっぱいピュッピュしてちょうだい」

亀頭にプラスチックカップを近づけた女性の手淫が速まっていく。卑猥な粘音がさらに大きくなり、細い指先がカリの段差を乗り越え、敏感な亀頭をも刺激してくる。

「ああ、出る！　看護師さん、僕、本当にもう……。あっ、あぁぁぁ……」

ぶるぶるっと激しい痙攣が全身を駆け巡り、正樹のペニスは呆気《あっけ》なく射精の脈動に襲われた。ドピュッ、ズピュッと迸《ほとばし》った白濁液を、ナースがしっかりとプラスチックカップで受けとめてくれている。

「あぁん、すっごい、こんなにいっぱい。ふふっ、気持ちよかった？」

「は、はい、もう、最高でした。ありがとう、ございます」

いままで感じたことのない強い絶頂感と、部屋に充満する栗の花の香りに恍惚となった正樹は、女性看護師の囁きに陶然とした声音で返した。

「それはよかったわ。いい、このことは本当に秘密よ。それと、今回の『AI妊活』に関することは絶対にSNSなんかにはあげちゃダメよ。これは参加者のプライバシー保護の意味があるから、絶対に守ってね」

「はい、わかり、ました」

プラスチックカップの蓋を閉めつつ注意を促してくる看護師をウットリと見つめながら、正樹は頷《うなず》き返すのであった。

第一章　熟女の柔壺で筆おろし

1

（もうそろそろ着くかな……。駅から十五分か。もう少し近いほうがよかったな）

六月に入った最初の土曜日、時刻は午後一時になろうとしていた頃。右手で大型のキャリーケースを引き、左肩からボストンバッグをさげた正樹はスマホのナビを頼りに東京郊外の住宅地を歩いていた。

　この日から「ＡＩ妊活」が本格始動し、参加者は用意された住居へ短期の引っ越しを強《し》いられていたのだ。プロジェクト参加者は、ＡＩによりマッチングされた相手と同居することを求められていたのである。

（あっ！　もしかして、玄関前に人が立っているあの家かな）

前方のどこにでもありそうな一軒家前に、スーツ姿の中年女性が立っているのを確認した正樹は歩く速度をあげた。近づく正樹に女性が一礼してきたところを見ると、やはりあの家で間違いなさそうだ。

「こんにちは。桑沢正樹さんですね？　【ＡＩ活用による計画的人口増ミッション】事務局の堂島《どうじま》です。このたびは足をお運びいただき、ありがとうございました」

「あっ、いえ、は、初めまして、桑沢正樹です。よろしくお願いします」

高校生相手にも丁寧な挨拶《あいさつ》を送り名刺を渡してきた堂島に、正樹は慌てて頭をさげた。受け取った名刺には『内閣府特命【ＡＩ活用による計画的人口増ミッション】事務局　堂島律子《りつこ》』と記されていた。

（内閣府ってことは、このおばさんも国家公務員なのか。きっと優秀なんだろうな）

五十歳前後と思われるベテランの風格漂う律子に、そんな感想を持つ。

「こちらこそ、よろしくお願いいたします。とりあえず家の中をご案内させていただきまして、今後のご説明をさせていただければと思います。どうぞ」

都内でよく見かける、建売住宅。玄関脇には車一台分の駐車スペースが確保されている。そして玄関を入るとすぐ左手に階段があり、短い廊下の先に扉が見えた。

「桑沢さんはこちらの一階の部屋をお使いください。また、トイレもこちらを使用していただければと思います」

廊下の先の扉と階段の間には引き戸があり、そこがトイレであった。律子が奥の扉を開けると、すぐさまクイーンサイズベッドが目に飛びこんでくる。そのため部屋に入ったところで正樹の足が止まった。

（この部屋、ほとんどベッドに占有されているんじゃ……）

五畳ほどの部屋にはクローゼットと机、椅子も置かれているが、クイーンサイズベッドの存在感は圧倒的だ。

「荷物はこちらに置いてください。それでは二階にご案内します」

律子に促《うなが》され、キャリーケースとボストンバッグを部屋に残し二階へとあがった。

階段をあがった左手には洗面脱衣所と浴室があり、右手には小さな納戸、そして納戸の正面の格子ガラスが嵌められたドアを開けると十四畳ほどのＬＤＫがあらわれた。

扉を入ってすぐにソファセットとテレビが置かれ、左手にはダイニングテーブルセット、そして奥にはキッチンの並びとなっていた。家具家電、すべて完備である。

「三階には女性用の部屋が二つとトイレがあります。お相手の女性にはそちらのトイレをお使いいただくので、桑沢さんには一階のものをとお願いしました。どうぞ、お座りください。女性が来る前に今後の説明を少しさせていただきます」

正樹がダイニングの椅子に座ると、律子がキッチンでお茶を用意してくれた。それを飲みながら、正面に座る女性役人の話を聞く。

それによると正樹の相手となる女性は一人で、午後二時にやってくるらしい。そして今日から三カ月間、八月末まで共同生活を送り「妊活」に励むことになる。

また特別協力校の選定についても伝えられた。それによると都内の有名進学校、難関大学附属高校から無作為抽出され、男子生徒は強制、女子生徒は任意参加と秘密裏に決定、実行に移されたようだ。ＳＮＳへの投稿禁止の裏には、参加者保護のほかにそのあたりの事情もありそうだ。

「なにかご質問はありますか？」

「いえ、大丈夫です、たぶん」

「もしお困りごとがあった場合は、先ほどお渡しした名刺の連絡先までご連絡をください。それと、これは手引き書というか、女性が妊娠する流れを記した冊子になります。時間があるときにでも目を通しておいてください」

律子がそう言って小冊子を渡してきた直後、インターホンの音がリビングに響いた。壁に掛けられていた時計に目をやると、時刻は二時になろうとしている。

「ご案内して参りますので、こちらでお待ちください」

律子が椅子から立ちあがり、階下へとおりていく。

(も、もうすぐ女の人が、僕の初めての相手になる、いっしょに赤ちゃんを作る女の人がここに……。うわぁ、どうしよう、心臓バクバクしてる)

初体験相手。そして子供を作ることとなるパートナーの登場に、正樹の心臓が一気に早鐘を打ち鳴らしはじめた。階段をあがる複数の足音が聞こえ、ドアから律子が姿をあらわした直後、正樹は慌てて立ちあがり、相手の女性を迎える体勢となった。

「えっ！」

小さく驚きの声が漏れてしまった。というのも、律子にともなわれてきたのはそれぞれに荷物を持った二人の女性であり、その内の一人がなんと白いセーラー服を着た女子高生だったのだ。とすればいっしょに来たのは母親であろう。

女子高生は卵形の顔をしたなかなかの美少女であり、その母親も三十代半ばほどの見た目の、ゾクリとする色気をまとった美熟女であった。

(こっちの綺麗な女の子が僕の相手なんだろうけど、この子も特別協力校制度で選ばれちゃったのか。あれ、確か女子は任意って……。だとすれば自分から望んで!?)

「ご紹介します。F学園高校二年の桑沢正樹さんです。そして、こちらが聖M女学院高等部二年の田所《たどころ》蒔菜《まきな》さん。お二人は奇《く》しくも同級生となります」

「あっ、桑沢正樹です。あの、初めまして。よろしくお願いします」

「田所蒔菜です。こちらこそ、その、よろしくお願いします」

「蒔菜の母親の美沙《みさ》です。まさか、娘と同い年の男の子が相手になるなんて……」

律子からの紹介にお互いぎこちなく挨拶を交わすと、蒔菜の母親が率直な驚きと戸惑いをその表情にあらわしてきた。

「まずはこちらにお座りください」

正樹の正面の椅子を二人に勧めた律子が再びキッチンでお茶を用意すると、美人母娘に供し、本人は正樹の隣へと腰をおろした。

「まずは今後の流れについてご説明をさせていただきます」

先ほど聞いた話を再度聞きつつ、正樹はさりげなく正面に座る蒔菜を見た。美しく可憐な美少女。そんな女子高生とエッチをして子供まで作ることを想像すると、それだけで背筋がゾクリとなる。同時にペニスがピクッと小さく反応してしまう。

(蒔菜さんも美人だけど、お母さんも色っぽくって素敵だなぁ……。こんな綺麗な大人の女性に初めてのエッチを導いてもらえたら最高だろうな)

女子高生からその母親に視線を移す。人目を惹く美貌に大人の色気が加わった美沙にウットリとしてしまった。そんな正樹の耳に初めて聞く情報が飛びこんできた。

「女性には一度だけ相手をチェンジする権利が認められております」

それによるどうしても生理的に受け付けられない場合にのみ、相手の男性を変更することが可能らしい。その場合、妊娠確率は減少することとなる。そして、チェンジ権の行使は一週間以内であり、以降は認められないという説明がなされた。

「保留期間中の性的接触は一切禁止となっていますので、その点はご注意ください。それでは、桑沢さんはしばらくこちらでお待ちください。田所さん、三階のお使いいただく部屋にご案内いたします。どうぞ」

律子はそう言うと、荷物を持った田所母娘をいざなってリビングから出ていった。

(同い年のあんな美少女と三カ月もいっしょに生活するのか。それも同居するだけじゃなく、たくさんエッチも……。考えただけで落ち着かない気分になっちゃうな)

今後のことを思いソワソワしていると、三人がリビングへと戻ってきた。しかし、蒔菜と美沙の手には持ってあがった荷物がそのままあり、思わず首を傾《かし》げてしまう。

「桑沢さん、田所さんは保留を選ばれたので、一度ご自宅にお戻りください」

不思議に思っている正樹に律子が説明してくれたところによれば、本来は保留期間中も同居が前提ではあるものの、今回は未成年の高校生だけになってしまうため一度それぞれの自宅に戻すことになったらしい。

「あの、いちおう連絡先を交換してもらってもいいですか？」

「はい、もちろんです」

蒔菜の提案に頷《うなず》き、正樹はお互いの連絡先を交換した。その際、念のために美沙とも交換させてもらう。

その後、律子からこの家の鍵を受け取り帰宅する田所母娘を見送ると、正樹自身は持ちこんだ荷物の中から学校の制服と勉強道具だけをボストンバッグに詰め直し、その他の洋服や下着、タオル類などは残したまま自宅に戻ることとなった。

2

月曜日の午後四時前、田所美沙は一昨日、蒔菜と訪れた一軒家の前へとやってきた。これからここで娘の妊活相手である桑沢正樹と会う予定になっていた。

（あの子にないしょでこんなコトするのはよけいなお節介かもしれないけど、でも母親としてはやはり気になるし……）

高校二年生の娘から「ＡＩ妊活」に参加するつもりだと聞かされたとき、美沙はあまりのショックに言葉を失ってしまった。そもそもあれは高校生を除く十八歳以上を対象とした施策で、現役高校生の蒔菜とは年齢的にも無関係だと考えていたのだ。

　そのため特別協力校制度については初耳であり、娘が通う女子校が選ばれたことはまさに青天の霹靂《へきれき》というべき事態であった。

（処女であることが悩みなんて……。というか、けっこうなお嬢様学校なのに、いまの子ってそんなに進んでるのね）

　確かに美沙も高校三年生のときにいまの夫と付き合いはじめ、高校卒業後、短大に進学したタイミングで結婚。二十歳で娘を産んではいたが、高校二年生当時はまだ処女であり、特段それを疎《うと》ましいと思ったこともなかった。それだけに、処女であることに引け目を感じている娘の気持ちを理解できているとは言い難《がた》い。

（だからって、いきなり「ＡＩ妊活」だなんて……。恋人でもない、見ず知らずのＡＩ判定で導かれただけの相手と子作りしようだなんて短絡的すぎるわ）

　翻意させようとしたが上手《うま》くいかず、放任主義の夫は「蒔菜が考えて決めたことならいいんじゃないか」とまったくあてにならなかったことから、娘の相手と直接話をしようと思い立ち、前日に教えてもらっていた正樹の携帯に電話をして、蒔菜には秘密で会う約束を取りつけたのである。

（あっ、来てくれたみたいね）

玄関前で待つこと数分。正樹が小走りで近づいてくるのが見えた。

「すみません、遅くなってしまいました」

「大丈夫よ、私もいまさっき着いたところだから。ごめんなさいね、急に」

「いえ、そんなことないです。あっ、とりあえず、中に入りましょう」

丁寧に頭をさげてくる少年に優しい微笑みを送ると、正樹の頬が少し赤らんだのがわかる。直後、慌てたように鞄から鍵を取り出した正樹の招きで家の中へと入った。

一昨日も足を踏み入れた二階リビング。そのダイニングテーブルに向かい合って座る。テーブルの上には少年が用意してくれたインスタントコーヒーが供されていた。

「あの、それでお話というのは？」

お互いにコーヒーで口を湿らせた直後、緊張の面持《おも》ちで正樹が口を開いた。

「よく知りもしないおばさんからの呼び出しで警戒があるかもしれないけど、そんな緊張しないでちょうだい。少しあなたと、桑沢くん……正樹くんのほうがいいかしら、とお話がしたかっただけだから」

「は、はい」

ぎこちなく笑みを浮かべる少年に、美沙は思わずクスッとしてしまった。

（うふっ、なんか初心《うぶ》で可愛いわ。真面目ないい子そうね）

「話っていうのは、今回の件について正樹くんがどう思っているかなの。やはり娘の相手になるかもしれない男性のことは知っておきたくて。ごめんなさいね」

「いえ、当然だと思います。正直、僕も戸惑うことばかりで」

そう言って語ってくれた経緯は、なかなかにショッキングであった。

（大人でさえ任意なのに、高校生の男の子は強制参加だったのね。それも精密検査を装って精液採取が行われただなんて。可哀想に、まるで種馬扱いだわ）

娘から聞いた女性側の検査は基礎体温の測定と提出、そして数回の採血だけだったことと比べると、そのギャップの大きさには驚くばかりだ。

「その件についてご両親はなにかおっしゃってないのかしら？」

女子高生はまだ任意で選択権を有していただけに、正樹には同情を禁じえない。それと同時に、少年の両親がどう思っているのかがやはり気になる。

「それ、なんですけど……」

だいぶ打ち解けた口調になった少年が再び困り顔となった。どうやら正樹には一回り離れた既婚の兄がいるらしいのだが、子供はまだらしい。

「なので、ノー天気に『初孫はどっちが』みたいな感じになってまして……。僕、経験まったくないのに、いきなりそんなこと言われても、みたいな」

困り顔に自嘲気味《じちょうぎみ》な笑みを浮かべた正樹に、美沙の胸が突然キュンッとなった。

（やだ、なに胸キュンしてるのよ。それにしても、童貞の男の子にいきなり子作りさせようだなんて……。でも、その経験のない男の子が経験のない蒔菜と……）

母性をギュッと鷲摑《づか》みされたような感覚になると同時に、子宮に軽い疼痛が襲った。腰がゾワッと震え、下腹部がムズムズとしてくる。

（えっ、なんで私の身体、こんな反応を……。まさか、蒔菜と正樹くんがエッチすることを考えたから？　いくら最近ご無沙汰だからってそんな……）

自らの肉体の反応に美沙は戸惑いを覚えた。ここ数年、セックスレスだったとはいえ、少年少女の性交を思い描き身体を疼かせてしまうとは思わなかった。しかし一度意識してしまったせいか、刺激を求める肉洞のざわめきがより強く感じられてくる。

「そうよね、やっぱり経験がないと戸惑うことばかりですものね。ねえ、よければ私が教えてあげましょうか」

「えっ!?」

思わず口をついた言葉に、正樹の両目が大きく見開かれた。

（私ったらなんてことを口走って……。でも、経験のない者同士では失敗したときの気まずさはそうとうだろうし、だったら私が教えてあげれば……）

　少年の驚き顔に、美沙は改めて自分の言葉の大胆さを意識せざるをえなかった。だが一方で「瓢簞《ひょうたん》から駒」だという思いも湧きあがってきていた。

（でも、絶対に変に思われたわよね。いい歳をした中年のおばさんが高校生相手にあんなことを口にするなんて、まるで男に飢えたいやらしい女だわ）

「ほ、ほら、娘がその気になったときにお互いに経験がないと、やっぱり困るでしょう。だから、正樹くんさえよければ……。ごめんなさい、こんなおばさんが初めての相手じゃイヤよね」

　言い訳がましい言葉を口にしつつ、頰が驚くほど熱くなってきているのを感じる。

「あっ、いえ、そんなことは……。田所さんのお母さん、すっごく綺麗だし、正直に告白すると、一昨日初めてお会いしたときからこんな綺麗な大人の女の人が初めての相手だったらって思ったくらいで。だ、だから、その、僕の妄想が聞かせた幻聴かなって思っちゃって。ゴクッ、ほっ、本当にその、いいんですか？」

　ハッと我に返った様子の正樹が上ずった声で返してきた。その顔は完全に上気し、ウットリとした眼差しで美沙を見つめてきている。

（あぁ、この子の目、本気だわ。本気で私のことをオンナとして求めてくれてる）

本能が少年の本気度合いを感じ取り、熟女の性感がいっそう煽られた。快感から遠ざかっている膣襞が本格的に蠢《うごめ》きはじめ、下着の内側に禁断の淫蜜を滲ませていく。

「ええ、いいわ。その代わり、蒔菜には、娘には絶対にないしょよ。それと、私のことはおばさんと呼んでくれていいわよ」

「は、はい。ありがとうございます。これからのことは誰にも言いません。絶対、秘密は守りますから、よろしくお願いします」

かすれた声で小さく頭をさげてくる正樹に、美沙は艶然と微笑み返した。

3

（まさか本当におばさんと、初体験相手になると思っていた田所さんのお母さんとエッチができるなんて……）

先にシャワーを浴びさせてもらった正樹は、妊活ハウス一階にある自分が使う予定の部屋で落ち着かない気分を味わっていた。

昨日、美沙から「娘にないしょで会いたい」と連絡を受けたとき、なにを言われるのかとビクビクしていたのだが、このような展開になるとはいまだに信じられない。

（このベッドでもうすぐあの素敵なおばさんと……ゴクッ）

五畳の部屋の大部分を専有するクイーンサイズベッド。美しい熟女の導きで童貞喪失ができると思うと、腰に巻いたバスタオルの下でペニスが完全勃起してしまう。

一昨日初めて会ったときから、可憐な美少女といった印象の蒔菜よりも、人目を惹く美貌に大人の色気をまとった母親の美沙に強く惹かれるものを感じていた正樹とすれば、いまの状況はまるで夢の中にいるかのようだ。

（やばい、やっぱりシャワーを浴びたとき一度、出しておけばよかった）

なにもしていなくとも射精してしまいそうな感覚に軽い焦りを覚える。直後、扉がノックされ、身体にバスタオルを巻いただけの熟女が部屋に入ってきた。

「あぁ、おばさん……」

その姿だけで背筋がゾクリとし、いきり立つ強張《こわば》りが狂おしげに跳ねあがった。

シャワー直後だけに、美沙の肌は全身が悩ましく火照っていた。胸元で巻かれたバスタオルに締めつけられた谷間からは乳房の豊かさが窺《うかが》え、膝上二十センチのところでチラ見えしている太腿のムッチリ具合も劣情を煽ってくる。

「本当に私でいいのね？」

「は、はい、僕、おっ、おばさんが、いいです」

心臓が一気に鼓動を速め、緊張で喉がカラカラになってくるなか、かすれた声で返すと、美沙が小さく頷き返してきた。そして胸元部分の折り返しに指を引っかけ、パサリとバスタオルを床に落とした。

「すっごい！　ゴクッ、おばさんの身体、とっても綺麗で、すっごくエッチだ」

タップタップと揺れ動く砲弾状の双乳は、重力に逆らうように誇らしげに突き出し、薄茶色の乳暈《にゅううん》の中心に鎮座する焦げ茶の乳首が熟れた女体を感じさせる。視線を落とすと、柔らかさを感じさせながらもしっかりとした括れを描くウエストに至る。さらにその下には楕円形の陰毛がこんもりと茂り、たっぷりと脂が乗りムチッとした太腿からはじまる脚も、けっして太くはなく、逆に足首はキュッと締まっていた。

「そんなジロジロ見られると恥ずかしいわ。若い頃はもう少し引き締まってたのよ」

ポッと顔を赤らめつつ、それでも美沙はその場でクルッと一回転してくれた。すると、括れたウエストから腰のラインが飛びこんでくる。乳房に負けないボリュームを感じさせるヒップはやはり張りを失っておらず、無防備に張り出している感じだ。

「いっ、いまでも充分に素敵です。僕はいまのおばさんの身体が大好きです」

興奮で声が上ずり震《せ》えてしまっていた。バスタオル下のペニスが小刻みに跳ねあがり、早く解放しろと急かしてくる。

「うふっ、ありがとう。ねえ、正樹くんのも、見せて」

「は、はい」

勃起を見られる恥ずかしさはもちろんある。しかしそれ以上の興奮が全身を覆っていた。そのため正樹は美沙の求めに素直に応じ、腰に巻いたバスタオルを落とした。

誇らしげに天を衝く強張りが姿をあらわす。太い血管が浮きあがった肉竿は、熟女に裏筋を見せつけ、パンパンに張りつめた亀頭は漏れ出した先走りで全体がうっすらと光沢を放っている。バスタオルという覆いがなくなった影響か、ツンッと鼻の奥を刺激する牡臭もはっきりと感じられるようになった。

「あぁ、すごいわ。もうそんなに大きく……。とってもたくましくて、立派よ」

「そ、そんなふうに見られると、僕も恥ずかしいです」

熟女の視線をペニスに感じたとたん、正樹の腰がぶるっと震え、切なさをあらわすように肉槍に胴震いが襲った。さらなる先走りがトロリと滲み出し、本能的に両手で強張りを覆い隠してしまう。

(勃起を見られるのは四月の看護師さん以来二回目だけど、あのときよりもずっと興奮してるよ)

「AI妊活」強制参加を告げられ、マッチング試料の精液提供を求められたときの、最後まで名乗らなかった女性看護師が施してくれた手淫。あのとき以上の興奮が正樹の全身を包んでいた。

「隠してはダメよ。おばさんは隠してないでしょう。それにしても、正樹くんのお部屋のベッドは大きいのね。三階の部屋のベッドはシングルだったのに」

正樹の緊張を緩和させる意味もあるのか、美沙がまったく違う話題を振ってきた。

「そ、そうなんですね。三階は女性が使うということで、部屋が二つとトイレがあることは聞いているんですけど、僕、上にあがってないんです」

両手をペニスの前からどかし屹立を再び晒しながら、正樹は三階の様子を知らないことを告白した。

「そうなの？　じゃあ、エッチは今日の私たちみたいにこの大きなベッドでってことになるのかしらね」

悩ましい微笑みを浮かべた熟女に、背筋がまたしても震えてしまった。ピクピクッと硬直が跳ねあがり、射精感がまた一歩近づいてくる。

「お、おばさん、僕、なんだかもう……」

「それは大変。ねえ、どうしたい？　初めてなんだもの、正樹くんのしたいようにしていいわよ」

正樹の言葉にハッとした様子を見せた美沙が艶めいた微笑みを浮かべ、ゆっくりと近づいてきた。熟女が歩を進めるたびに、砲弾状の双乳がユッサユッサと重たげに揺れ動き、童貞少年の性感を刺激してくる。

「おばさんの大きなオッパイ、すっごい揺れててとってもエッチだ」

陶然とした呟きが自然と口をついていた。

「うふっ、いいのよ、触って。おばさんの身体、正樹くんの好きにしてちょうだい」

息のかかる距離で向き合う美沙が甘く囁《ささや》きかけてくる。その言葉だけで性感が揺さぶられ、強張りがまたしても跳ねあがっていく。

「は、はい」

頷きはしたものの、いざとなる緊張でまったく動けなかった。物欲しげな視線だけを目の前の熟れた肢体に向け、ウットリと眺めることしかできない。

「うふっ、緊張してるのね。可愛いわ」

手を出せずにいる正樹に優しい微笑みを浮かべた美沙の両手がのばされ、熱く火照る頬を挟みこんできた。

「お、おばさん?」

「大丈夫、おばさんがちゃんとしてあげるから、したいようにしてみて」

少しヒンヤリとした熟女の細指にゾクッとしていると、美沙の艶っぽい顔が急接近してきた。直後、ふっくらとした唇が重ねられてくる。

「ンッ!?」

(こ、これって、キス……。おばさんが僕にキスしてくれてる。あぁ、なんだろう、鼻がムズムズするような甘い香りがきて、なんだかトロンッとしちゃうよ)

一瞬両目を見開いた正樹だが、すぐさま唇粘膜に感じる柔らかさと、ボディソープとは違う、体臭なのか香水なのか甘い白檀《びゃくだん》の香りに思考が蕩けていく。

「さあ、手をここへ……。おばさんのオッパイ、触ってみて」

短い口づけが解かれると、正樹は美沙に導かれるまま右手をたわわな肉房へとのばした。膨らみの下側から豊かさを確かめるように揉みあげていく。ずっしりとした量感と指が沈みこむ柔らかさがありありと伝わってくる。

「すっ、すごい！　これがオッパイ……。こんなに重量感があって柔らかいなんて」

手のひらから伝わる温もりと柔らかさ、そして適度な弾力に恍惚感が湧きあがり、正樹は一心に目の前の熟房を捏ねまわしていった。

「あんッ、いいわよ、正樹くんの好きに、うンッ、おばさんもオッパイ触られるの久しぶりだから、感じちゃいそうだわ」

「ひ、久しぶり、だったんですか？」

「ええ、恥ずかしいけど、主人とはもう何年も……。だから、正樹くんがこんなおばさんの胸で喜んでくれて、とっても嬉しいわ」

眉間に悩ましい皺を寄せた美沙が、淫靡に細めた瞳で見つめてくる。その眼差しの色っぽさに強張りが小刻みな痙攣に見まわれてしまった。

（あぁ、このままじゃ本当に出ちゃう。でも、おばさんの胸から手を離したくない）

刺激を与えなくとも白濁液を噴きあげてしまいそうな状態に焦りを覚えつつも、いま与えてもらっている感触はけっして失いたくはなかった。

「そんなもったいない。僕だったら毎日、ううん、家にいる間はずっとこの素敵なオッパイに触っていたいくらいなのに」

ウットリと囁くと正樹は左手も右乳房に被せ、両手で豊乳を揉みこんでいく。手のひらから伝わる気持ちよさが倍増し、愉悦で脳がピンク色に染められていった。

「いいわ、触って、いまこの瞬間は、正樹くんの、はンッ、ダメよ、そんな両手で乳首、摘ままないで」

母性の中に艶めかしさを内包した微笑みを向けてきた美沙が、突然腰を切なそうにくねらせた。ちょうどそのタイミングで正樹が両手の親指と人差し指でそれぞれの乳首を摘まんだのだ。中心に一本芯が通ったような感触が伝わってくる。

「すごい、おばさんのここ、少し硬くなってる。本当に感じてくれているんですね」

球状に硬化した突起を挟みこんだ指の腹で転がすようにしていくと、コリッとした感覚がより強く感じられた。

「はンッ、ほんとにダメよ、おばさん、そこ、弱いのに……うぅン、もう、そんな悪戯をする悪い子には、こうよ」

悪戯っぽい目をした美沙がまっすぐにこちらを見つめたまま右手を屹立へとのばしてきた。なめらかな指先がなんの躊躇《ためら》いもなく肉竿を握りこんでくる。

「くはッ！　おっ、おば、さンッ」

その瞬間、鋭い快感が脳天を突き抜けていった。突然の予想外な刺激に目の前が一瞬白く塗り替えられ、腰が少し大きな痙攣を起こす。一気に迫《せ》りあがる射精感を、奥歯を嚙むようにして必死にこらえていく。

「あぁんっ、すっごい。正樹くんのこんなに硬くて熱くなってる。ふふっ、どう、おばさんの手、気持ちいいかしら？」

ゆっくりと焦らすように美沙の右手が上下に動かされた。チュッ、クチュッと垂れ落ちた先走りが熟女の指に絡み、粘ついた摩擦音を奏でてくる。

「あぁ、ダメです、そんなことされたら、僕、ずっと我慢してたから、すぐに……」

自然と豊乳から手が離れ、切なさを伝えるように熟女の肩を両手で摑んでいた。腰が狂おしげに揺れ動き、美沙が甘い手淫を繰り出すたびに絶頂感が近づいてくる。

(なんでだろう？　これ、あの看護師さんに握ってもらったときよりずっと気持ちい。エッチしたいって思っていたおばさんにこすってもらってるからかな)

ペニスを握られるのはこれで二度目だが、四月の採精はワケがわからないままであったのに比べいまは初体験を目前に控えた状況であり、相手も初めて会ったときから気になっていた美沙だけに興奮度合いが段違いであった。

「あんッ、そんな強く肩を摑まれたら痛いわ」

「す、すみません。あっ、赤くなっちゃってる。本当にごめんなさい」

眉根を寄せた熟女に正樹は慌てて両手を離した。美沙の両肩、指が当たっていた部分が赤くなってしまっている。その状況に申し訳なさが募ってくる。

「うふっ、そこまで気にしなくていいわよ。ほんと正樹くんは素直で可愛いわね」

優しい微笑みを浮かべた美沙が次の瞬間、すっとしゃがみこんできた。

「おっ、おばさん？」

「せっかく出すのなら、こっちのほうがいいでしょう」

訝《いぶか》しげな表情となった正樹に悪戯っぽい目で返してきた人妻の唇が、天を衝く屹立に急接近した。強張りを握る細指が肉竿を少しだけ押しさげてくる。

「まっ、まさか！」

正樹の口から驚きの声が漏れた次の瞬間、ふっくらとした唇が張りつめた亀頭部をパクンッッと咥えこんだ。

「ぐはッ！　あぅ、あっ、あぁぁぁぁぁぁぁ……」

声にならない喘ぎが迸《ほとばし》っていく。亀頭に感じる口腔粘膜の生温かさに背筋がゾクリとする。ビクンビクンビクンと腰が断続的に跳ねあがり、煮えたぎった欲望のエキスが出口を求めて突きあがってきた。

（しっ、信じられない！　おばさんが僕のを口に……ふぇっ、フェラチオしてくれてる！　あぁ、ダメ、もっと感じていたのに、限界だよ）

見開いた両目で見おろすと、そこには艶めかしい上目遣いでこちらを見つめ返す美沙の顔があった。その唇にしっかりと咥えられたペニス。

「ンぅん、むぅ、ふふっ」

正樹の驚き顔にクスッと微笑んだのがわかる。それだけで熟女の舌先が妖しく亀頭を撫であげ、痺れるような愉悦が駆けあがってきた。

「あぁ、おばさん、ダメです、僕、もう、出ちゃいます」

かすれた声で訴えると、美沙が小さく頷き返してきた。

(これって、このままおばさんの口に出していいってことだよね？)

そんな思考も美沙がゆっくりと首を前後に振りはじめたとたん、消え去った。ジュッ、ジュプッと血液漲る肉竿が柔らかな唇粘膜でこすりあげられていく。

「はぁ、出る！　おばさん、ほんとに、でッ、出ちゃうぅぅぅぅぅッ！」

その瞬間は実に呆気なく訪れた。ひときわ激しく腰が突きあがった瞬間、眼前が一気にホワイトアウトし、猛烈な勢いで白濁液が熟女の口内に解き放たれた。

「ングっ！　むぅ、うぅン……ふぅ……コクッ……むぅン……コクン……」

(飲んでる！　おばさんが僕の精液、ゴックンしてくれてる！)

少し苦しげに顔を歪めつつ、強張りを根元まで口腔内に迎え入れた美沙の喉が小さく音を立て、吐き出された欲望のエキスを嚥下《えんげ》してくれている。その様子に正樹の腰がまたしても震え、さらなる白濁液を放ってしまうのであった。

「ンぱぁ、はぁ、いっぱい、出たわね。気持ちよかった？」

(あぁん、なんて濃厚な精液だったのかしら。こんなに濃いのゴックンしたの、初めてだわ。それに、濃いだけじゃなくてほろ苦さの中にほんのりとした甘みも……。やだ、あそこの疼きがどんどん高まってきちゃってる）

少年の射精が収まると、美沙は口腔内に残っていたエキスをゴクッと飲みくだし、ペニスを解放した。喉の奥にはいまだコッテリとした精液の残滓《ざんし》が貼りついている。その感覚と鼻の奥に残っている性臭に下腹部のモヤモヤがいっそう募っていた。切なそうに腰を揺すりムッチリとした太腿をこすり合わせると、潤んだ秘唇が少しだけ刺激を受け、さざなみのような愉悦が背筋を震わせた。

「最高、でした。ありがとう、ございました。まさか飲んでもらえるなんて……」

真っ赤に上気し愉悦に蕩けた顔を晒す正樹がかすれた声で返事をしてくると、そのまま崩れるようにベッドの縁に腰を落とした。

「うふっ、それはよかったわ。でも、まだ満足できてないんでしょう？」

そう言うと美沙は潤んだ瞳を少年の股間へと向けた。するとそこには射精直後にもかかわらず天を衝くペニスが誇らしげにそそり立っていた。精液と人妻の唾液でネットリと濡れ、オンナを刺激せずにはおかない濃密な牡の匂いを撒き散らしている。

（もうイヤだわ、こんな言い方して。主人にもこんなあからさまな言い方したことないのに……。いくらご無沙汰だからって先日初めて会ったばかりの男の子に、蒔菜と

エッチすることになるかもしれない相手にこんなに欲情してるなんて）

長らく満たされることがなかった性の悦び。それが満たされる瞬間が近づいている事実に、美沙の中のオンナが抑えがたいほどに前面に出てきてしまっていた。

「あっ！　こ、これは……。す、すみません、してもらったばっかりなのに」

射精の余韻に浸っていたのだろう、完全に脱力していた正樹がハッとした様子で慌てて股間を覆い隠した。本当に恥ずかしそうに顔を染める仕草があまりにも初心で、美沙の母性がまたしてもギュッと鷲掴みされた。

「ふふっ、いまさら隠す必要、ないでしょう。おばさんのお口にあんなに濃いのをたっぷり出したばっかりなんだから」

「そ、それは、そうなんですけど……。あっ、あの、おばさん、今度は僕におばさんのあそこ、舐めさせてもらえませんか？」

からかうように言うと、少年が赤らめた顔でまっすぐに見つめながら思いがけない言葉を放ってきた。

「えっ⁉」

驚きの顔を向けると、正樹の目が不安そうに震えているのがわかる。きっと精一杯の勇気を掻き集めての言葉だったのだろう。それを考えると、どうしようもなく目の前の少年が愛おしく感じられる。

「あっ、すみません、あの、忘れてください。調子に乗って、ごめんなさい」

人妻の反応で現実へ立ち返ったのか、とたんに目を伏せ消え入りそうな声で謝罪を口にしてきた。そんな態度すら、いまの美沙にはたまらなく可愛い。

「ううん、いいのよ。まさかそんなことを言ってくれるなんて思ってなかったから、驚いちゃっただけよ。でも、本当に舐めてくれるの？」

「も、もし、許してもらえるのなら……。でも、あの、イヤならいいんです」

優しい気持ちが湧きあがってくるのを感じつつ立ちあがると、正樹の右隣に身を寄せるように腰をおろした。熟女の左腕と少年の右腕が触れ合う。その瞬間、男子高校生の身体がビクッと跳ねたのがわかる。

「そんなに緊張しなくても大丈夫よ。それに、あそこを舐めてもらうのも、もちろんイヤじゃないわ。だから、お願いしてもいいかしら？」

「はっ、はい！」

正樹の顔を覗きこむようにして甘く囁くと、少年の顔がパッと輝いた。驚きと喜びに顔を綻《ほころ》ばせ勢いよくその場で立ちあがってくる。天を衝く強張りがぶんっと揺れ、そのたくましさに熟女の子宮がざわめき淫蜜を滴らせていく。

「じゃあ、お願いね」

艶然と微笑みかけ、美沙はゆっくりと両脚を開いた。

(あんッ、私ったら自分から高校生の男の子にあそこを……。でも、ここを舐めてもらうのなんてほんと何年ぶりかしら)

セックスレスとなる以前から夫は、己《おのれ》の欲望を満たすことを優先し、妻への愛撫がなおざりになっていた。そのため、クンニされることが本当に久しぶりだったのだ。

「あぁ、おばさん……」

ウットリとした呟きを漏らし、正樹が人妻の脚の間にしゃがみこんできた。その視線がまっすぐ秘唇へと注がれているのがわかる。

「ごめんなさいね、おばさんの形も崩れちゃってるし、グロテスクでしょう。イヤだったら無理して舐める必要、ないのよ」

来月三十七歳の誕生日を迎える美沙。自身の秘部を覗き見ることなどなくとも、出産を経験している淫裂が形も色も崩れているであろうことはわかる。それだけに童貞少年に見せるにはあまりにも卑猥なのではないか、という思いがこみあげてきた。

「い、いえ、とっても、ゴクッ、綺麗です。うっすらと濡れて光ってて、エッチな匂いが……。あぁ、鼻の奥がムズムズしちゃう……」

「あぁん、そんなこと言わないで、恥ずかしいわ」

（そうよね、こんなにあそこが疼いてるんだもの、そりゃあ、見てわかるほど濡れてしまっているわよね。娘と同い年の男の子相手になんてはしたないのかしら）

秘唇を見られることはもちろん、そこがすでに潤んでいることまで改めて言葉にされると、羞恥が一気に盛りあがり全身の火照りがさらに強くなる。

「すみません。でも、本当に綺麗です」

トロンとした瞳で見上げてきた正樹の両手が、美沙の内腿にのばされた。少年の手の熱さにゾクッと腰が震えてしまう。

「あぁ、おばさんの太腿、ムチムチしていて気持ちいい……。それに、どんどんエッチな匂いが濃くなってきてる」

「あぁん、ダメよ、顔近づけながら話されたら、息がかかってくすぐったいわ」

内腿に這わされた両手でさらに脚が左右に圧《お》し拡げられ、正樹の顔がいちだんと秘唇に近づいた。熱い吐息が濡れたスリットに吹きかかり、くすぐったいような感覚が襲いかかる。ヒップがむず痒そうに左右に揺れ動いてしまう。

「ほんとにすっごい、この香りだけで僕、酔っちゃいそうです……チュパッ」

「あんッ！　まっ、正樹、くン……」

股間から陶然とした呟《つぶや》きが聞こえた直後、潤んだ秘唇を生温かな感触が襲った。キンッと鋭い喜悦が脳天を突き抜け、美沙のヒップが一瞬ベッドから浮きあがった。両手が自然と少年の髪を這い、快感を伝えるように撫でまわしていく。

チュッ、チュパッ、チュパッ……。熟女の反応に気をよくしたのか、正樹の舌はとどまることを知らずスリットを舐めつづけてきた。単調ではあるが、確かな刺激が背筋を駆けあがりつづける。

「はぁン、あぁ、いいわよ、正樹くん、とっても、うんっ、上手《じょうず》よ」

(嘘、こんなに気持ちがいいなんて……。こんなことされるの本当に久しぶりだから、いっそう身体が敏感に反応しちゃってる)

ピクッピクッと腰が小さな痙攣を起こし、さらなる刺激を欲《ほっ》する膣襞が卑猥に蠕動《ぜんどう》して新たな淫蜜を少年の舌先に送り出していく。

「ンはぁ、おばさんのここ、ちょっと酸っぱいけど、チーズっぽい味もして美味しいです。女の人のジュースってこんな味だったんですね。なんか芳醇って感じです」

秘唇からいったん唇を離した正樹が口の周りをべっちょりと濡らし、上気した顔で見つめてきた。その瞳は恍惚に蕩けながらもキラキラと輝き、本心から熟女の淫蜜を賞賛していることが伝わってくる。

（ダメ、こんなまっすぐな目で見つめられながらこんなこと言われたら、私……）

娘と同い年の男の子に心が揺さぶられていた。その感情に戸惑いを覚えると同時にそんなトキメキを与えてくれる少年への愛しさがさらに募る。

「あんッ、もう、そんなこと言わないで。おばさん、本当に恥ずかしいわ」

「すみません、でも、本当に素敵で……。僕、おばさんが初めての相手になってくれてほんとによかったです」

赤らめた顔でニコッと笑い、正樹が再び股間に顔を埋めてくる。すぐさまチュパッ、チュパッと音を立て淫唇が舐めあげられた。

「あんッ、正樹、く〜ん、はぁン、あぁ……」

痺れるような快感が背筋を駆けあがり、美沙の口から甘い喘ぎがこぼれ落ちた。

（あン、ほんとにこんなに感じさせられちゃうなんて……。私が正樹くんを導いてあげるつもりが、これじゃあ逆じゃない）

左手を少年の頭部に残したまま、人妻の右手は己の乳房へと這わされた。ずっしりとした量感をたたえ、たわわに熟れたHカップの膨らみを捏ねあげていく。手のひらをいっぱいに広げてもとうてい覆いきれない肉房の、指がどこまでも沈みこむような柔らかさと、しっとりと押し返してくる弾力に陶然とした気持ちがこみあげてくる。

「あぁ～ン、うぅ～ン……」

（そろそろやめさせないと私、初めての男の子にイカされちゃうかも）

鼻から甘いうめきを漏らしながら、美沙は絶頂感の接近を感じはじめていた。

ヂュチュッ、チュッ、チュパッ、ヂュッ……。熟女の喜悦の盛りあがりを感じ取っているかのように、正樹の舌先がさらに熱心に淫裂をねぶってくる。

「あぁん、正樹くん、本当に素敵よ、そんな一生懸命舐められたら、おばさ、ンッ！　はぅンッ、はぁ、ダメよ、そ、そこは、あッ、あぁぁぁ……」

愉悦の積みあがりに頭がポーッとしてくる感覚に陥《おちい》りながら、甘い艶声をあげていた美沙はその瞬間、息が止まりそうになった。

スリットを上下になぞるように舐めあげていた少年の舌先が秘唇の合わせ目に這わされ、充血して包皮から顔を覗かせていたクリトリスをなんの前触れなく嬲ってきたのだ。それまでとは桁違いの、脳を直接揺さぶられたような衝撃が熟女の全身を激しく痙攣させた。肉洞全体がギュッと締まり、大量の淫蜜を溢れさせていく。

（軽くだけどイカされちゃった……。私、本当に経験のない男の子にあそこを舐められて、こんな簡単に……）

「ンぱぁ、はぁ、あぁ、お、おば、さん？」

美沙の痙攣に驚いたのか、慌てたように股間から顔をあげた正樹が、どこか心配そうな表情で見つめてきた。

「はぁ、あぁ、大丈夫よ。うぅん、はぁ、ごめんなさいね。正樹くんがとっても上手だったから、恥ずかしいけどおばさん、イカされちゃったわ」

改めて口にした瞬間、美沙の全身がさらに熱くなった。顔などはいまにも火を噴くのではないかと思えるほどに火照っている。

「えっ！　ほ、本当に、僕がおばさんを？　僕の舌で気持ちよくなってもらえたなんて……感動です！」

驚きに目を見開いた少年が次の瞬間、嬉しそうに顔を綻ばせた。その素直すぎる反応を眩《まぶ》しく感じ、思わず美沙の頬も緩んでしまった。その直後、なにげなく見た正樹の股間にハッとさせられた。

（そうよ、さっき口で一度出してはあげたけど、正樹くんのオチ×チン、硬いままだったわ。私ったらいい歳をした大人なのに、自分の快感に気を取られすぎていたわ）

裏筋を見せつけるようにそそり立つペニス。亀頭がパンパンに張りつめ、新たな先走りで強張り全体の光沢が増しているのがわかる。

「そんな大袈裟な。さあ、次はおばさんといっしょに気持ちよくなりましょう」

早くこの子をオトコにしてあげたいという気持ちを強くしつつ、誘うような言葉を送っていく。

「そ、それって、ついにおばさんと、は、初体験させてもらえるってことですよね」

「ええ、そうよ。待たせてしまってごめんなさいね。さあ、正樹くんがベッドに横になってちょうだい。そうすればあとはおばさんが」

再び緊張の顔となった正樹に、美沙は優しく頷いた。すると、ゴクッと生唾を飲んだ少年が熟女の脚の間から立ちあがり、クイーンサイズベッドへとあがった。そのまま枕に頭を乗せるかたちであおむけに横たわっていく。

「たくましくて素敵よ。すぐに、おばさんの膣中で気持ちよくしてあげるわね」

下腹部に張りつきそうな急角度でそそり立つペニスに瞳を細め、美沙もベッドへとあがるとそのまま少年の腰をまたいでいく。

「あぁ、すっごい。こうやって下から見あげるとおばさんのあそことオッパイの迫力がさらに……。本当にもうすぐ僕はおばさんと、ゴクッ」

「ええ、そうよ、正樹くんはいまからおばさんのここで、うンッ、このエッチな穴で大人になるのよ」

少年の熱い視線を秘唇に感じ妖しく腰を震わせた美沙は、それでも両手をスリットに這わせると、くぱっと左右に開いた。

（あンッ、自分から開いて見せるなんて、私も信じられないくらいエッチな気持ちが高まってる。もう、どうしようもなくここに……膣中に、硬いのを挿《い》れて思いきりこすってもらわないとおかしくなってしまいそうだわ）

「すごい……膣中ってそんなふうになってたんだ。ウネウネしたのが動いているのが見える。あぁ、おばさん、そんなの見せつけられたら、僕、またすぐに……」

切なそうな目をした正樹の右手が、己のペニスをギュッと握った。

「ダメよ、自分で触っちゃ。おばさんがしてあげるからもう少しだけ我慢よ。でも、本当に初めての相手が私でいいのね？」

いまさら「ノー」と言われても美沙自身ストップが効かなくなっていたが、それでも問いかけずにはいられなかった。

「はい、もちろんです。さっきも言いましたけど、ほんと一昨日初めてお会いしたときから僕、おばさんのことが……。だから、是非、お願いします」

「やっぱりやめましょう」と言われるのを恐れでもしているのか、正樹の顔には不安の陰がよぎっていた。その頼りない表情が熟女の母性を鷲掴みにしてくる。

「ありがとう。じゃあ、遠慮なく正樹くんの初めて、おばさんがもらうわね」

美沙は艶然と微笑むと、ゆっくりと腰を落としこんでいった。正樹が手を離したペニスを替わりに握りこんでいく。指を焼く肉竿の熱さと硬さがありありと伝わり、子宮がまたしてもキュンッとしてしまった。軽い絶頂直後だが膣襞がこちらにも刺激を寄こせと暴れ、淫蜜をトプッと溢れさせるとすぐさま内腿をツーッと伝い落ちる。

「ンはっ、あぁ、お、おば、さん……」

「あぁん、ほんとにすっごく硬くて、熱くて素敵よ。すぐだから、すぐにおばさんの膣中に迎え入れてあげるから、あと少しだけ耐えて」

狂おしげに腰を震わせた正樹に声をかけながら、美沙は挿入しやすいよう強張りを垂直に押し立てそこに向かって秘唇を近づけていく。やがて、チュッと湿った音を立てて張りつめた亀頭がスリットと接触をした。

「あっ！　ぼ、僕の先っぽがおばさんのあそことキスした」

「うふっ、そうよ。あぁん、正樹くんのオチ×チンの熱さが、直接伝わってきてるわ」

小さく腰を前後に揺すり、亀頭で膣口の入口を探っていく。それだけで愉悦が背筋を駆けあがり、美沙のオンナを刺激してやまない。直後、グジュッと粘つく音をともなって、張りつめた粘膜が熟女のオンナを捕らえた。

(あんっ、来るのね。もうすぐ、また、あの快感が味わえるんだわ)

満たされなかった欲望を鎮める肉槍。その瞬間の到来に美沙の腰が大きく震えた。

「うんっ、ここよ。いい、挿《い》れるわよ」

「はっ、はヒぃ」

裏返った声で返してきた正樹に頷き返し、グイッと腰を落としこんだ。ンヂュッとくぐもった音を立て、いきり立つ強張りが膣道を圧し開き、入りこんでくる。

「あんッ！　はぅッ、あっ、あぁぁぁぁぁ……」

その瞬間、美沙の背筋を猛烈な快感が突き抜け、顎がクイッとあがった。

(えっ？　私、いま、また……。高校生の男の子のオチ×チン、挿れられただけでまたイッちゃったなんて……。いくら久しぶりだからって、そんな……。あぁん、それにしてもなんて充実感なの。膣中が思いきり拡げられている感覚が強い)

膣襞がたくましい肉槍で力強くこすられた瞬間、不覚にも美沙は再びの軽い絶頂に見まわれてしまった。己の肉体の敏感すぎる反応に戸惑いつつも、双臀を完全に落としこみ強張りを根元まで迎え入れていく。

「おぉぉぉ、おっ、おば、さンッ。くぅぅぅ、すっごい……。これが女の人の膣中……。ウネウネにどんどん呑みこまれていくぅぅぅ……」

正樹は自身の強張りが熟女の肉洞に呑みこまれる様子を瞬きも忘れ凝視していた。少し黒ずんだ薄褐色のビラビラが左右に卑猥にはみ出した淫裂。ブルーチーズの風味がする淫蜜でたっぷりと潤んだ女穴。先ほど開いて見せてくれた先にあった鮮紅色の膣襞のウネリが、ペニスを奥へ奥へと誘いこんでくる。

(ヤバい！　これだけもう出ちゃいそうだ)

ビクンッと腰が跳ねあがり、同時にペニスには胴震いが襲っていた。突きあがる射精衝動を懸命に抑えつけていると、ついに美沙のヒップが完全に落としこまれ硬直が根元までガッチリと咥えこまれた。

「はンッ、さらに大きく……。わかる？　正樹くんのが全部おばさんのあそこに、うンッ、入ってるのよ。あぁ、ほんとにすっごく硬くて熱いのが伝わってきてる」

「わかります。くッ、おばさんの膣中もとっても熱い……。それに、ウネウネがエッチに絡みついてきていて、こんなに気持ちがいいなんて……」

悩ましく眉間に皺を寄せた熟女が淫靡に潤んだ瞳で見つめてきたのに対し、正樹は気を抜けばその瞬間に射精してしまいそうな気配を感じながら頷き返した。

「うふっ、満足してもらえてる？」

「もちろんです。こんな素敵な初体験させてもらえて感動です。『AI妊活』に選ばれたときは不安しかなかったけど、くぅ、こんなすごい初体験が待っていたなんて、いまは選ばれた幸運に感謝したいくらいです」

「まあ、正樹くんったら。でも、私もよ。娘が参加表明したときはどうしようと思ったけど、正樹くんみたいないい子と出会えて感謝しているわ。それに、私もエッチ久しぶりだから、正樹くんのたくましいので満たされて、とっても嬉しいの」

「あぁ、おばさん……」

美沙の艶めかしい微笑みに背筋がゾクッとする。同時にペニスがまたしても胴震いを起こし、亀頭がさらに張り出していく。すると熟襞がピタッと張りつき、ウニウニと妖しく蠢いた。

「うんッ、ほんとすごいわね、正樹くんのがさらに大きくなったわ」

「だって、おばさんが嬉しいこと言ってくれるから。それに、おばさんのここ、気持ちよすぎて、僕、もう……」

「まだよ、もっと気持ちよくしてあげるから、もう少しだけ我慢して」

射精感の近さを訴えると、美沙が優しく言い聞かせるように語りかけてきた。そしてそのままゆっくりと腰を上下に動かしはじめたのだ。グチュッ、ズチュと卑猥な摩擦音を立てながら、漲《みなぎ》る肉槍が熟れた膣襞でこすりあげられる。

「くほッ、あぁ、お、おばさん……」

(あぁ、ほんとに気持ちよすぎるよ。ギュッて締めつけられる感じはないのに、絡みつくウネウネで弄《もてあそ》ばれるこの感覚。これが女の人のオマ×コ、セックスなんだ)

牛の乳搾りのような動きでペニスにまとわりつく膣襞。その妖しい蠕動に耐えがたい射精衝動がこみあげてきた。

「はンッ、いいわ。あなたの硬いので膣中こすられると、私もとっても気持ちいい」

美沙が腰を動かすたびに、豊満な双乳がユッサユッサと重たげに揺れ動く。必死に射精感と戦いながらも、そのいかにも柔らかそうな動きに視線が釘づけとなる。

「そんなに熱い視線を向けられたら、オッパイが張ってきちゃうわ。いいのよ、触って。このオッパイもいまは正樹くんのモノなんだから、好きにしてちょうだい」

「はっ、はい、ありがとうございます」

自らの肉房を悩ましく揉みあげて見せた美沙の妖艶な微笑みに生唾を飲み、正樹は両手を完熟の膨らみへとのばした。下から捧げ持つように捏ねあげていくと、ムニュッと指先が沈みこむ、蕩けるような感触が伝わってくる。

「あんッ、うぅン、そうよ、好きにして。こっちはちゃんとおばさんがしてあげるから、正樹くんはオッパイでおばさんを気持ちよくして」

「あぁ、おばさん……」

ウットリとした呟きを漏らし、ありあまる肉房のボリュームを両手で堪能する。

（オッパイってこんなに大きくて柔らかいなんて……想像以上だよ。それにこんな素敵なオッパイ、エッチな雑誌でもなかなか見かけないよなあ）

妖艶美熟女の豊乳の心地よさに、完全に脳が蕩けていくようであった。

「はぅン、優しくオッパイ揉まれるの、好きよ。あぁん、ほんとに上手だわ」

鼻にかかった甘い声をかけてきた美沙が、お返しとばかりに腰をさらにダイナミックに動かしてきた。上下に動かしつつも左右に揺さぶるような動きをプラスしてきたのだ。その瞬間、肉洞全体がキュッと締まりを強めてきた。それまでの優しく包みこむ甘さが消え、肉食動物が補食体勢に入ったかのような獰猛《どうもう》さすら感じる。当然、膣襞の動きにも変化が見え、本格的に精を搾り取らんと躍動してきた。その変化の大きさに、思わず目を見開いてしまう。

「くはッ、おぉぉ、おばさん、ダメ、そんな急に激しくされたら、僕……」

ほどよく括れた熟女の腰回りが悩ましくくねるさまを見つめ、正樹は絞り出すようなうめきをあげた。肉槍全体が大きく跳ねあがり、膣襞に翻弄される亀頭がさらに膨張してくる。煮えたぎった白いマグマが噴火口を目指して圧しあがってきた。

「あぁん、待って、もう少し、もう少しでおばさんも……。でも、出そうだったら絶対に言ってね。今日は中に出されるわけにはいかないの、だから……」

（えっ？　それって危険日ってやつなんじゃ……。いま出せばおばさんを、こんな綺麗で色っぽい大人の女の人を妊娠させられるかもしれないんだ）

「ＡＩ妊活」への参加が決まってから、正樹も自分なりに勉強をしていた。当然、妊娠確率の高い日、つまり排卵日についても調べていたため、美沙の言葉からは妙な生々しさを感じる。それと同時に、初体験の自分が大人の女性を妊娠させられる可能性に興奮を覚えてしまった。

「出したい！　僕、おばさんの膣奥に出したいです」

新たな興奮に声を上ずらせ、正樹は豊乳を揉みこんでいた両手を美沙の腰へと移すと、抜かれないようにガッチリと摑んでいった。そのまま本能の趣くままにメチャクチャに腰を突きあげていく。ギシギシッとベッドが軋み音を立てはじめる。

「えっ、あんッ！　正樹くん、ダメよ、膣中は。いま、出されたら本当に……」

「ごめんなさい、おばさん。でも、僕、どうしてもおばさんの膣奥に……」

正樹の思惑を察したらしい美沙が慌てて腰を浮かせようとする。それを力いっぱい押し止め、さらに腰を突きこんでいった。グチュッ、ズヂュッ、ンヂュッ……粘つく摩擦音が一気に大きくなり、ペニスを襲う快感が倍加していく。睾丸が迫りあがり、とぐろを巻く欲望のエキスが噴火口を開こうと圧しあがってくる。

「あぁん、ダメ、そんな激しく突きあげられたら、おばさんも……」

「くッ、あぁ、出る！　僕、本当にもう、あっ、出ッるぅぅぅぅぅぅッ！」

目の前が一瞬にして白く染め抜かれたときには、ペニスが射精の脈動を起こしていた。ズビュッ、ドピュッと勢いよく迸った白濁液を人妻の子宮に叩きつけていく。

「あんッ、嘘、出されてる……。あぁ、ダメよ、正樹くん、出しながら腰を動かさないで、そんな激しくされたら私も、あッ、あぁぁぁぁぁ～～～～～ンッ！」

美沙の腰にも激しい痙攣が襲ったのが、両手からしっかりと伝わってきた。

「くほぅ、締まる、おばさんの膣中、いっそう強く……。あぁ、ダメ、気持ちよすぎて、射精とまらないよぅ」

「すっ、すっごい、まだ出るなんて……。こんなに出されたら私、本当に……」

ゾクリとくるほどに艶めかしい瞳で見下ろしてきた熟女が、ビクンッ、ビクンッと身体を震わせながら脱力したように倒れこんできた。正樹はとっさに腰を摑んでいた両手を離すと、妖艶な人妻を抱きしめていった。

「もう、膣中はダメって言ったのに」

正樹の上に倒れこんだ美沙は絶頂の余韻に浸りつつ、蕩けた顔を晒す少年の顔を見つめ非難の声をあげた。

「ごめんなさい。でも、僕、どうしても膣中に出したくて……」

荒い呼吸を整えた正樹が、恍惚の表情を浮かべたまま謝罪の言葉を返してきた。

「仕方がないわね。はぁ、今日、明日のうちに主人に抱かれないと」

そのウットリとした眼差しに、このような状況にもかかわらず熟女の母性がくすぐられてしまった。そのため、諦めにも似た呟きが口をついて出る。

「えっ！　旦那さんに……」

ハッとした顔となった正樹のペニスが、蜜壺内でビクンッと跳ねあがった。一度はおとなしくなりかけていた肉竿が急速に力を取り戻しはじめる。

「あんッ、嘘でしょう？　二度も出したのにまだこんな……」

(もしかして、夫に抱かれる私を想像して興奮しちゃってるの？)

少年の吐き出した精液でタプタプ状態の肉洞が再び圧し拡げられていく感触に、美沙は驚きに目を見開いた。その間にもペニスは膨張をつづけ、ついには完全勃起として熟女のオンナをパンパンに満たしてきた。

「おばさん、僕、もっと出したいです。おばさんの膣奥にもっといっぱい」

興奮でかすれ声となった正樹がギュッと抱きしめてきたと思った直後、ゴロンッと百八十度回転し、組み敷かれる体勢へと変えられた。

「キャッ！　ま、正樹、くん？」

「すみません。でも、おばさんを、美沙さんを僕だけの特別な人にしたいです」

「えっ！」

予想外の告白に一瞬、反応が遅れてしまった。胸の奥がキュンッとなり、理性よりも先に立ち直った本能がたくましい肉槍に熟襞を絡みつかせてしまう。

「あぁ、美沙さんの膣中、またエッチに絡みついてきたぁ……」

「はンッ！　あんッ、あぁ、ダメよ、正樹くん、もう、これ以上は……」

「イヤです。旦那さんの精液が入る隙間がないくらい、美沙さんの膣奥を僕ので……はぁ、すっごい、こんなに気持ちいいの、もうやめたくないです」

上気した顔で見つめながら、正樹が腰を動かしはじめていた。グジュッ、ヌジュッと粘つく攪拌音をともなって、いきり立つ強張りが蜜壺を往復していく。

（まさか娘と同い年の男の子が、こんなにもまっすぐ私を求めてくれているなんて）

小さな絶頂を加えればすでに三度も達している美沙のオンナがまたしても揺さぶられ、ともすれば、正樹からの禁断の告白を受け入れてしまいそうな気分になる。

「気持ちは嬉しいけど、でも……」

「我が儘《まま》だってわかってます。けっして叶わないことも、でも、いまだけは美沙さんに僕の気持ち、受け取ってほしいんです」

そう言うと正樹が唇を奪ってきた。がむしゃらなキスに両目が見開かれる。

「ンむっ、うぅ、むぅん……」

(まさか、高校生の男の子相手にこんな気持ちになるなんて)

わずかに残る理性がこれ以上の深入りは危険だと告げてくる。しかし、久々に満たされたオンナが悦びを与えてくれた相手を歓迎するように蠢き、さらなるエキスを搾り取らんとペニスをしごきあげていた。

「ンはぁ、あぁ、美沙さん、出しますよ。また、美沙さんの子宮に僕……。全部、受け取ってください」

訴えかけるように見つめてきた正樹の腰が、一気にその動きを速めてきた。

猛烈な勢いで肉洞をこすりあげるペニスに、四度目の絶頂の急接近を感じる。

「あんッ、ダメ、ダメなのよ、正樹くん。これ以上はもう、許してぇ」

甘い喘ぎ混じりに首を振る美沙だが、その両足は自然と跳ねあがり少年の腰に絡みついていた。濃厚な牡のエキスを求めるように腰が妖しくくねり迎合していく。

「おぉぉ、ダメだ、ほんとにまた、出ッるぅぅぅッ！」

ズンッとひときわ強く強張りが圧しこまれた直後、熟女の子宮がまたしても熱い迸りの洗礼を受けた。刹那、美沙の身体にも四度目の痙攣が襲いかかってきた。

「あんッ、すっごい、まだこんなにたくさん出るなんて……。あぁん、熱い精液でおばさんの子宮、溶けちゃいそうだわ」

（あぁん、本当にこんなこと許されないのに、でも、ダメ、身体がこの子を、正樹くんを求めちゃってる）

立てつづけの絶頂に頭がポーッとなってくる。流されていると感じながらも、ペニスから残滓《ざんし》すべてを吸い取るように膣襞が卑猥な蠕動を繰り返すのであった。

第二章　巨乳女教師のパイズリ奉仕

1

（まさか、新しい女性とのマッチングが成立したなんて……）

腰が抜けるほどの気持ちよさであった美沙との初体験から早四日。金曜日の午後六時前、前日に堂島からの連絡を受けた正樹は放課後、一度自宅に戻ってから荷物を持って再度、妊活ハウスへとやって来た。

つい先日、初体験をした場所だけにドキドキしてしまう。あの日はあのあと、大急ぎで片付けをして帰宅していた。あの日使ったタオルは妊活ハウスに用意されていたものではなく、正樹が引っ越し荷物に入れて自宅から持ってきた私物であったためそのまま持ち帰り、洗濯をして再び今日の荷物に紛れこませていた。
しかし、クイーンサイズのベッドシーツは親に隠れて洗濯することができないため
そちらは美沙が持ち帰り、蒔菜や夫が家にいない時間に洗濯、乾燥をしてくれること
となった。そのため自室となる部屋のベッドには、もともと用意されていた替えのシ
ーツがつけられている。
(この部屋に入ると、どうしても美沙さんとのエッチが甦《よみがえ》っちゃうよな)
素晴らしい体験をさせてくれた妖艶熟女の豊満な肉体が思い出され、背筋が震えて
しまった。同時に学生ズボン下では淫茎が鎌首をもたげはじめてしまう。
(いけない、いけない、上で堂島さんが待っているんだから、早く行かないと)
家の前で待ち合わせをした律子はすでに二階のリビングにおり、ここでペニスを弄
るわけにはいかなかった。そのため、荷物だけを部屋に残し階段をあがった。
「すみません、お待たせしました」
「いえ、こちらこそ再びご足労賜りありがとうございます。夜ご飯、まだですよね?
これお弁当ですが、よろしければお召しあがりください」
「ありがとうございます」
律子が用意してくれていた食事は、有名店のすき焼き弁当であった。ありがたくそ

れをちょうだいしながら話をしていく。それによると、蒔菜は参加継続を決意したらしく、日曜日には再びこちらにやってくるということであった。

（そうなのか。ということは、また美沙さんと会えるんだ）

顔がにやけそうにはなるのを必死にこらえ、気になっていたことを尋ねた。

「あの、今回の女性もまた高校生なんですか？」

「どうして、そう思われるんですか？」

「今回のプロジェクトで高校生はやはりイレギュラーじゃないですか。だから、同じ高校生同士でカップリングされているのかと思って」

「確かにそれも議論はされました。しかし、出生数を増やすことが第一なので、考慮はするが最優先事項ではないという結論です。ですので、これからお見えになる女性は高校生ではなく社会人です。もうそろそろいらっしゃるかと思いますが」

律子が壁にかけられた時計に目を向けた直後、インターホンが来客を告げた。

「いらしたようですね。ご案内して参りますので、しばらくお待ちくださ い」

律子が訪問者を迎えに行くのを見送った正樹は、緊張を新たにしていた。

（いったいどんな人なんだろう？　社会人ってことは僕よりずっと年上だろうし、相手が高校生って知ったらどう思うだろう？）

否定的なことを言われるのではないかという不安が大きくなっていく。

「どうぞ、こちらです」

律子の声が聞こえたところで正樹は椅子から立ちあがる。直後、スーツケースと手提げの旅行鞄を手に部屋へ入ってきた女性に驚愕し、素っ頓狂な声が迸った。

「さっ、真田《さなだ》先生!?」

「えっ！　桑沢くん？　なっ、なんであなたがここに……」

「先生こそ、どうして？」

律子にいざなわれてきたのは、正樹の通うF学園高校で社会科教師をしている真田絵梨佳《えりか》だった。絵梨佳はクールビューティタイプであり、その整いすぎた美貌と涼しげな眼差しから一見、冷たく取っつきにくい印象を持たれがちだが、実は非常に気さくで、校内一の人気を誇っていた。記憶が正しければ教員になって三年目だったはずだ。そんな美貌の女教師の登場に、正樹は呆然と立ち尽くしてしまった。

「あっ、あの、チェンジってできませんか？」

「申し訳ありませんが、真田さんはすでに一度権利行使を行っているため、二度目のチェンジは不可能です」

先に立ち直り律子に尋ねた絵梨佳に対して、非情な答えが返されていた。

「この子、桑沢くんは私の教え子なんです、ですから」

「それも存じあげておりますが、あくまでも確率に基づいてのマッチングですので、ご理解いただければと存じます」

（えっ？　先生、本当は別の相手がいたのをチェンジ権の行使をして……。そこまでして妊娠したいのかな。先生ならそれこそ、相手なんていくらでも）

二人のやり取りに正樹も現実に引き戻された。絵梨佳ほどの美女ならこんなプロジェクトに参加しなくとも、相手は選《よ》り取り見取りであろうと思える。

「どうしても無理なようでしたら、趣旨には反しますが子作りをする必要はありません。しかし、八月末の期限までは同居していただく必要があります。まずは真田さんにお使いいただくお部屋にご案内いたします。お荷物を持ってどうぞこちらへ」

妥協案を提示した律子が絵梨佳を三階へと案内していった。

（まさか、新たにマッチングした相手が真田先生だったなんて……。僕の存在に驚いていたってことは、学校側は把握していなかったってことだよな）

新学期早々に行われた情操テストと健康診断、それを基に選ばれたことを聞かされている正樹とすれば、「なんでここに」と言った絵梨佳の反応こそ驚きであった。

「それでは、あとはお二人で話し合われてください」

絵梨佳とともにしばらくして戻ってきた律子は、最後まで役人としての一線を守ったまま帰っていった。

（まさか、桑沢くんが相手になるなんて……。そもそも、なんで高校生、それも二年生が参加しているのかしら？　対象は十八歳以上で高校生は含まれないはずなのに）

内閣府の担当者である堂島律子を正樹といっしょに玄関まで見送り、再び二階のリビングに戻った絵梨佳は気まずい思いを味わっていた。それは教え子の正樹にしても同じなのだろう、落ち着かない様子で視線をさまよわせている。

正樹は授業態度もよく成績は上の中、けっして目立つタイプではないがほかの先生たちからも信用されている生徒であり、絵梨佳の心証も非常にいい男の子であった。

「と、とりあえず、お茶、淹《い》れますから、先生は椅子に座っていてください」

「え、ええ、ありがとう」

この家のことは絵梨佳よりも把握している正樹の言葉にぎこちなく頷《うなず》き、ダイニングの椅子に腰をおろした。すると教え子はキッチンで緑茶を淹れて運んできてくれた。

そのまま絵梨佳の正面に腰をおろしてくる。

「先生、エッチはしない方向でとりあえず同居するってことでいいんですよね」

「ダメよ、それは！　絶対に夏までに子供ができないと私、困るのよ」

おずおずと尋ねてきた正樹に、つい強い口調で返してしまった。その勢いに圧《お》されたのか、少年の顔には驚きと戸惑いが浮かんでいる。

「ごめんなさい、大きな声、出してしまって。とりあえず、説明させて」

教え子の淹れてくれた緑茶で喉を潤し、絵梨佳はプロジェクトに参加することにした経緯を語った。それは、望まぬ結婚を回避するためだ。絵梨佳の実家は田舎で小さな会社を経営しているのだが、その資金援助の見返りとして相手から望まれていたのだ。まずは八月の帰省時に形ばかりの見合いをすることが決められていた。

その事実だけでも憤《いきどお》りを覚えるのだが、実家から送られてきた相手の写真を見た瞬間、「絶対に無理」という感情が芽生え、実力行使として妊活プロジェクトへの参加を決意したのである。

（今回の「ＡＩ妊活」、マッチング基準が非公開で、ど素人には仕組みすらわからないのよねえ。でも国の政策だからと思って参加したけど、失敗だったかな）

最初にマッチングされた男は王様にでもなったと勘違いしたクズ男で、担当役人がいなくなるやいなや、一時保留を選んだ女性陣（絵梨佳を含め三人いた）を裸にしての性的奉仕を求めてきた。それを拒否してそれぞれが部屋に引きこもり、すぐに担当者に連絡。男はすぐさま強制退場となった。妊活不参加かチェンジ権を使っての続行が提示され、絵梨佳はチェンジ権を行使し現在に至っていた。

「だから、どうしても妊娠したいの。ごめんなさいね、変なことに巻きこんで」

「いえ。そもそも、この『AI妊活』に強制参加させられていることが、僕にとっては最大の巻きこまれ事案ですから」

「そう、それよ！　そもそもなんで高校生の桑沢くんが参加しているのよ」

自嘲気味な笑みを浮かべた正樹に、絵梨佳はいまさらながらの質問をぶつけた。

「あぁ、やっぱり知らないんですね。実は……」

正樹が参加することになったいきさつは、かなりショッキングであった。

(今年は健康診断での再検査が多いとは聞いていたけど、これが理由だったのね。ということは、桑沢くん以外にも強制参加させられている生徒がいるってことか。女性は基礎体温測定と採血、それに心理テストだけだったことに比べると精液採取って、けっこう直接的なこと、ヤラされているのね)

教師にはいっさい知らされていなかっただけに、かなりの驚きを禁じえない。

「なるほど、そんなことがあったのね。全然知らなかったわ。とんだ災難ね」

「そうなんですけど、まさか真田先生が相手としてくるなんて……。あの、それで、本当に僕でいいんですか？　先生なら相手はいくらでも、てか先生、美人なのに彼氏とか、いないんですか？」

「いたらこんなことに参加してないわよ。去年、別れていまはフリーなの。それにさっきも言ったけど、夏までに、お盆頃、実家に帰るまでには妊娠しておきたいのよ。そのためには、確率の高い相手に限るでしょう。桑沢くんこそ、いいの？」

「僕は喜んで。先生の相手なんて、こんなことがない限り絶対無理ですもん」

頬を染めながら頷いてくる教え子に、クスッと微笑んでしまった。

（まったく知らない男より、どんな子か知っている桑沢くんのほうが安心はできるわね。ＡＩ判定がどの程度、信頼できるかは不明だけど、チェンジ権を使ったことは結果オーライかもしれないわ。まっ、あのクズ男は論外だけど）

「じゃあ、そういうことでよろしく。それで、いまはまだ排卵時期ではないんだけど、それまではどうすればいいのかしら？」

「初めてここに来たときに渡された手引き書みたいなものがあるんですけど、それによると正式にパートナーとなった相手とは、お互いを知るためにいっしょに入浴してみるという方法が提案されていたんですけど……」

絵梨佳の問いかけに、頬を染めたままの正樹が言いにくそうに返してきた。そのいかにも女性慣れしていない様子が母性と女教師魂をくすぐってくる。

「じゃあ、いっしょに入りましょうか」

「えっ！　い、いいんですか、そんなこと」

「だって、私といっしょに赤ちゃん、作ってくれるんでしょう？」

初心《うぶ》な態度が可愛く、ついからかうような言い方になっていた。すると、正樹の喉がゴクッと大きな音を立てたのが聞こえてくる。

「あっ、あの、僕、お風呂、入れてきます」

慌てたように立ちあがった少年が、小走りで浴室へと向かっていく。絵梨佳はそれを優しい気持ちで見送っていた。

2

「先生の裸、すっ、すっごい……。ゴクッ、そんなエッチな身体してたなんて……」

脱衣所で裸になり、正樹が先に待つ浴室へと足を踏み入れた絵梨佳に、両手で股間を覆い隠した少年が陶然とした眼差しを送ってきた。

「あんッ、恥ずかしいから、そんなジロジロとは見ないでちょうだい。それに、桑沢くんが隠しているのは、男らしくないと先生は思うけどなあ」

羞恥を押し隠すように、わざとらしい教師口調で教え子を見つめ返した。すると正樹がおずおずと股間から両手をどけた。

「す、すごい……。桑沢くんの、そんなに大きく……」

少年の股間ではペニスが天を衝く勢いでそそり立っていた。早くもパンパンに張りつめている亀頭先端からはうっすらと先走りらしきものが漏れ出している。さらに肉竿は誇らしげに裏筋を見せつけ、重たそうに睾丸が垂れさがっていた。しかし、その色合いは美しいピンク色をしており、女慣れしていないことが一目瞭然であった。

(やだ、久しぶりに勃起を見たから、あそこが早くもジンジンしてきちゃってる)

学生時代からの恋人と別れて一年。久しぶりの男性器に絵梨佳の子宮がキュンッと震えてしまった。その敏感すぎる肉体の反応には戸惑いすら覚えてしまうほどだ。

「学校の先生に見られるなんて、ほんと、恥ずかしい……」

「それはお互いさまよ。まさか自分の教え子とこんなことすることになるなんて、想像したこともなかったもの」

切なそうに腰をくねらせる正樹は、身体の側面におろした両手をギュッと握り締めていた。勃起を隠したいのを懸命にこらえている様子に、教え子に裸体をさらす羞恥は消えないが心に多少の余裕が戻ってきた気がする。

「僕だってそうですよ。まさか、学校で一番人気の真田先生とこんな……。はぁ、ほんといまだに信じられません。先生の裸を見れているなんて。オッパイもそんな大きかったなんて……ゴクッ」

着痩せするタイプでもあるため、脱げばそれなりにグラマーな肢体をしている白覚はあった。その裸体を、正樹がウットリと見つめてくる。

少年の視線を釘づけにする豊かな乳房は釣り鐘状をしており、薄茶色の乳暈《にゅううん》の中心にくすんだピンクの乳首が乗っかっていた。

「もう、そんなマジマジと見られたら、本当に恥ずかしいんだけど」

正樹の視線の強さに、絵梨佳のオンナが確実に煽られていた。目の前にはたくましい肉槍が誇らしげに屹立しているだけに、下腹部がムズムズと疼き出し秘唇表面がうっすらと湿ってきたのがわかる。

「ごめんなさい。でも、本当に先生の身体、とっても素敵で……」

口では謝罪の言葉を漏らしながらも、正樹の視線は片時も女教師の裸体から離れなかった。双乳の豊かさとは対照的にウエストは深い括れを見せ、再び双臀に向かって張り出している。繊細な細毛の陰毛はデルタ形で、脚は美脚モデルができるほどにスラリと長く、太腿の肉づきもほどほどであった。

「いつまでも見つめ合っていても仕方ないわね。せっかくだから、背中でも洗ってもらおうかしら」

絵梨佳の裸体から視線をそらせなくなっていた正樹にクスッと微笑むと、女教師はこちらに背中を向けるかたちで風呂椅子に腰かけた。すると今度は括れたウエストからの腰の張り出し、そして風呂椅子に潰れたヒップのボリュームに陶然としてしまう。

(ほんと、真田先生がこんなエッチな身体をしてるなんて、学校じゃまったくわからなかったよなあ。僕だけなんだ、みんなが憧れる先生の裸をこんなふうに見られるのは、僕だけ。そして、それ以上のことも……ゴクッ)

学校での絵梨佳はその美貌にばかり注目がされ、スレンダー美女の印象が強かったのだが、目《ま》の当たりにした肉体のグラマラスさには圧倒されてしまう。こんな美人でスタイル抜群の女性と子作りができるのかと思うと、変な優越感さえ覚える。

「ほら、どうしたの、桑沢くん」

「あっ、は、はい、すみません」

絵梨佳の言葉に我に返った正樹は慌てて女教師の真後ろで膝立ちとなった。「失礼します」と声をかけ、女教師の斜め前に設置されたポールからシャワーヘッドを手に取るとお湯を出し、絵梨佳の背中を濡らしていった。美女の背中を玉状の水滴がすべり落ちていく。その若さが弾けている感じにもウットリとしてしまう。

「もう、いつまでお湯をかけてるのよ。ふやけちゃうじゃない」

絵梨佳の言葉で現実に戻されたとき、女教師によってシャワーは止められていた。

「すみません、先生の身体が本当に綺麗で、それで……」

「はい、はい。お世辞はいいから、背中、洗ってちょうだい。そうだな、どうせならスポンジは使わず、手で洗ってもらおうかな」

「て、手でッ⁉」

あまりに予想外の言葉に、正樹は正面に貼られた鏡越しに絵梨佳を見つめてしまった。そこには男子生徒を虜《とりこ》にする美貌ばかりか上半身がしっかりと映りこんでいた。釣り鐘状に実ったたわわな膨らみ。その豊乳具合に、自然と喉が鳴ってしまう。

(先生のオッパイ、美沙さんよりは小さい感じだけど、充分すぎる大きさだよな)

初体験相手である熟女の、重力に逆らうように突き出したHカップの肉房。その蕩けるほどの手触りを思い出すと、それだけで背筋にさざなみが駆けあがりペニスが大きく跳ねあがってしまった。

「こら、どこを見てるの。桑沢くんがそんなにエッチな、オッパイ好きな男の子だなんて、知らなかったわ。ふふっ、いいのよ、こっちも洗ってくれて」

教え子の視線が鏡越しの乳房に注がれているとわかったのか、女教師は悪戯っぽい微笑みを浮かべると、両手を豊かな膨らみに這わせてやんわりと揉みあげていた。

「せっ、先生！」

正樹の驚きの声が浴室に反響する。背筋がゾクリとし、強張《こわば》りが小刻みな胴震いを起こす。

（真田先生って、こんな表情もするんだ。学校でも飾らない感じだけど、ここまで緩んでないし、ましてこんなエッチな顔は……）

「そんな大きな声出さないでよ。それくらいいいわよ。だって、私と子作りしてくれるんでしょう？」

「そ、そうですけど、でも、先生からそんな大胆な提案がされるなんて思わなくて」

「二人だけの秘密よ。絶対に誰にも、特に学校関係者には知られるわけにいかないんだから」

「は、はい、それじゃあ、あの、遠慮なく、手で……」

鏡越しに蠱惑《こわく》の微笑みを送ってくる絵梨佳に正樹は上ずった声で返すと、女教師が妊活ハウスに用意されていたボディソープのボトルを渡してくれた。プッシュ式のボトルから最初から泡状となっているソープ液を左の手のひらに押し出し、両手を合わせるようにしてさらに泡立ててから、美人教師の背中を撫で洗いしていく。

「あぁ、先生の肌、すっごくスベスベしてる……」

肩口から肩甲骨、そして括れた腰回りへと手のひらをすべらせていく。シャボン越しに感じられるなめらかな手触りに、自然と顔がにやけてきてしまう。

「いつまで背中を撫でているつもり？　ほら、腋《わき》から前に手を出して」

鏡越しの絵梨佳が意味ありげに微笑み、両腕を少し開いてくれた。

「は、はい、それでは、あの、し、失礼します」

導かれるままに正樹は腋の下から両手を前方に突き出した。ゴクッと生唾を飲み、釣り鐘状に実る肉房へと被せていく。ムニュッと柔らかさと弾力が絶妙なバランスで混じり合った感触が、手のひらいっぱいに伝わってくる。

「うわっ、すっごい……。柔らかいのにこんな指先が強く押し返されてくるなんて……。あぁ、これが、真田先生のオッパイ……」

「あ～ン、う～ん……。ねえ、学校じゃないんだから、先生呼びはやめて」

「で、では、真田、さん？」

「ふふっ、普通いっしょに赤ちゃんを作ろうって相手を名字では呼ばないでしょう。下の名前で、絵梨佳でいいわよ」

「えっ、絵梨佳、さん」

「そうよ、正樹くん。でも、学校ではいままでどおりよ」

「は、はい！」

美人教師とさらに距離が縮まった感じに、自然と声が大きくなる。同時に両手の動きがさらに大胆となり、豊かな肉房を揺さぶるように揉みたてていった。

「あんッ、うぅん、はぁ……どう、気持ちいい？」

「はっ、はい、すっごく、ゴクッ、気持ちいいです」

悩ましく瞳が細められた絵梨佳の相貌を鏡越しに見つめ、正樹は陶然とした思いで女教師の豊乳を揉みこんでいった。

(美沙さんのオッパイは指がどこまでも沈みこんでいくような、蕩けちゃう柔らかさだったけど、真田先生のは反発力が強い感じかな。でも、どっちも大きくって触り心地がいいのはいっしょだ)

頭の中で熟女の豊乳との揉み比べをしつつ、手のひらいっぱいに感じる乳肌を堪能していた。恍惚感が強まるとペニスが小刻みに跳ねあがり、解放を急《せ》かしてくる。腰を切なそうに揺らしていると、自然と身体が女教師に近づいてしまう。結果、いさり立つ強張りがなめらかな腰肌と接触。不意打ちの愉悦が背筋を駆けあがった。

「あんッ、桑沢くん」

「あっ、す、すみません」

甘い絵梨佳のうめきに慌てて両手を乳房から離し、気まずさから一歩距離を取る。すると、風呂椅子に座ったまま美人教師が身体を反転させてきた。うっすらと白いシャボンにまみれた双乳がユサユサと揺れているさまに、腰がぶるりとしてしまう。

「今度は私が桑さっ、正樹くんのを洗ってあげるわ。さあ、もう少しこっちに来て」

チョイチョイと可愛く手招きをされた正樹は、緊張を覚えつつ再び一歩にじり寄った。すると、女教師は右手で豊乳をぷるんっと撫でつけて指先にうっすらと石けんをつけると、なんの迷いもなく裏筋を見せつけるペニスへとのばしてきた。そのまま肉竿の中央付近をやんわりと握りこんでくる。

「くほッ、あぅ、あっ、あぁ、せんせッ、くぅ、絵梨佳、さん……」

「あんッ、硬いわ、それに、すっごく熱い……。あぁ、まさか、教え子の男の子の硬いのを触ってあげる日が来るなんて、考えたこともなかったわ」

「ぼ、僕だってそうですよ。みんなの憧れの真田先生に、あぁ、ダメ、そんな強く、こすらないで……はぁ、絵梨佳さんにこんなことしてもらえるなんて……」

正樹の腰が断続的な痙攣に見まわれはじめた。先走りがさらに溢れ出し、陰嚢内に溜まる欲望のエキスがドクドクと脈打ちながら、発射の瞬間を待ち侘びている。

「出していいのよ。我慢しないで、私の手で白いのいっぱい出して」

絵梨佳の右手の動きが速くなっていく。石けんのヌメリと先走りが混ざり合い、チュッ、クチュッと粘ついた摩擦音が起こる。痺れるような愉悦が背筋を駆けあがり、正樹の腰が狂おしげに揺れ動く。

「あぁ、出る、せっ、先生、僕、もう……」

「いいわよ、ちょうだい。正樹くんのミルクが出てくるところ、私に見せて」

女教師が少し前傾姿勢となった。たっぷりとした双乳がユッサと揺れ、視覚を楽しませてくれた直後、絵梨佳の左手が陰嚢に這わされた。右手で肉竿をしごきながら左の手のひらで睾丸が転がされていく。

「くはぅ、あぁ、出るッ！　本当にもう、えっ、絵梨佳、センセ～～～～ッ！」

ビクンッと大きく腰が突きあがった刹那、正樹の眼前が一瞬にしてホワイトアウトした。ペニスに絶頂痙攣が襲い、輸精管を駆けあがった白濁液が一気に迸《ほとばし》る。

「キャンッ！　あぁん、すっごい……顔にまでこんなにいっぱい……。はぁン、この匂いで私、頭がクラクラしちゃいそうよ」

噴きあがった精液が美人教師の顔面を直撃していた。うっすらと上気した顔にかかる白い粘液はゾクリとくる淫猥さがあった。

「あぁ、先生、もっとしごいて。最後まで、くッ、はぁ、出るよ、僕、まだ……」

「いいわ、出しなさい。全部、私が搾り出してあげるわ」

浴室に充満する濃厚な精液臭と、欲望のエキスで汚れる美人教師の相貌にペニスがまたしても痙攣し、ビュッと新たな白濁液を放ってしまうのであった。

3

「田所蒔菜です。今日からよろしくお願いします」

初対面の相手がいることに緊張を覚えながら、蒔菜は頭をさげた。

日曜日の午後三時前。蒔菜は妊活ハウスに来ていた。「AI妊活」の参加継続、つまり同い年の桑沢正樹を相手に子供を作る決断をしての再訪だ。

(初志貫徹じゃないけど、ここで不参加にしたら怖くて逃げ出したみたいでイヤだし、ママも桑沢くんなら大丈夫じゃないって言ってくれたし……。って言うか、私に隠れ

て電話をするってどうなのよ。まあ、お陰で決意は固められたけど)

一度参加を保留し自宅に戻っていた間に、どうやら美沙が相手となる正樹に電話をしていろいろと話をしたらしいのだ。結果、とってもいい子なのではないか、というのが母の印象であり、それを伝えられたことが決断のあと押しとなっていた。

「初めまして、一昨日の夜からこちらに合流することになった真田絵梨佳です。運よくなのか悪くなのか、桑沢くんが通うM学園高校で社会科の教師をしています。こちらこそ、これから三カ月弱の間よろしくお願いします」

丁寧な挨拶《あいさつ》を返してきたのは、二十代半ばと思《おぼ》しきとんでもない美貌の女性であった。ここまでの美女なら、こんなプロジェクトに参加しなくてもいくらでも相手が見つかりそうなものだと思いつつ、蒔菜はもう一度頭をさげた。

「桑沢くんも、あの、よろしく」

「うん、こちらこそ、よろしくお願いします。田所さん」

はにかみながら同い年の少年とも挨拶を交わしていく。その間に母が絵梨佳と挨拶をしていた。

「桑沢くん、悪いんだけど、娘の荷物を車からおろすの手伝ってくれるかしら」

「いいですよ」

美沙の言葉に頷いた正樹が椅子から立ちあがる。前回は駐車場があることを知らなかったため電車であったが、今回は母の運転する車に荷物を積んで来ていたのだ。

「えっ、それは私が自分で」

「せっかくの男手を使ったほうが楽よ。それに男の子は女の子の前で格好いいところ見せたがるものなんだから。その機会を奪ったら可哀想よ」

「先生、別に僕はそういう気はないんですけど……」

「はい、はい、わかったから行きなさい。お母さんをお待たせするものではないわ」

蒔菜が自分がと思った直後、絵梨佳が口を挟み、正樹が反論していく。女教師がそれをさらに言い返すと、苦笑を浮かべた少年が母とともにリビングをあとにした。

(この先生、すっごい美人だけど、すっごく気さくなんだなあ)

お高くとまった気むずかしいタイプだったらどうしよう、と思っていただけに、この一連のやり取りで少し気持ちが和らいだ。

「それにしても、聖M女学院なんてお嬢様学校に通っているのに、よくこのプロジェクトに参加しようと思ったわね。あっ、打ち解けていないときにこの話題はセンシティブすぎたかしら、ごめんなさい」

「あっ、いいえ、そんなことは。でも、真田先生はどうしてですか？　先生ほどの美人なら、それこそ相手は選り取り見取りだと思うんですけど」

　二人きりになった直後に振られた話題。だが、いきなり核心を衝く質問だと思ったのだろう、絵梨佳が頭をさげてくれた。それに対して首を左右に振った蒔菜は、美人教師を見た直後からの疑問を口にした。

「そうよね、人に聞く前に自分の事情を話さないのは卑怯よね。桑沢くん、この家にいる間は正樹くんって呼ぶようにしているんだけど、あっ、そうそう、私のことも先生呼びする必要ないわ。さっき正樹くんは私のこと先生って呼んだけど、学校以外では下の名前で呼んでもらうようにしてるから、あなたも絵梨佳でいいわよ」

「わかりました、絵梨佳さん。だったら、私のことも蒔菜って呼んでください」

「蒔菜ちゃんね、わかったわ。で、話のつづき、私が参加している理由だけど」

　そう言って絵梨佳が教えてくれた話に蒔菜はショックを受けた。

「この時代にもまだそんなことが……。信じられません。そんな悪巧みは絶対に阻止してください」

「ありがとう。まあ、どうなるかは正樹くん次第なんだけどねえ。教え子と子作りするとは思わなかったけど、あの子、真面目ないい子だから、そこは安心かな」

　美人教師の頬が少し緩んだのは、それだけ正樹に対する信用があるからだろう。少年をよく知る人物、それも教師の立場で触れ合っている絵梨佳の言葉だけに信頼はできそうだ。そのことにも蒔菜は少し安堵した。

「実は、保留期間中に母が私にないしょで桑沢くんに電話をしたみたいで、いい子そうだって言っていたんです。絵梨佳さんから同じ言葉が聞けて、ちょっと安心です。あっ、私が参加している理由ですよね。すごくくだらないんですけど、実は……」

絵梨佳の人生がかかった話を聞いた直後では、非常にどうでもいい、恥ずかしくなるような理由であったが、蒔菜はすべてを打ち明けることにした。

世間ではお嬢様学校だと思われている聖Ｍ女学院。確かに育ちのいい娘が多いのは間違いなく、中にはとんでもないご令嬢がいたりもする。しかし、「深窓の――」という感じではなく、みな普通に恋愛を楽しんでいた。話を聞く限り半数以上がすでに処女を失っており、いまだ未経験の蒔菜は出遅れ感を強く意識していたのだ。

そんなときに国策である「ＡＩ妊活」の話が舞いこんだのである。その瞬間、「これだ！」の思いが湧きあがり、参加することにしたのであった。

「ずいぶん大胆な手に出たのね。その処女じゃないって言っている子たちにしても、経験ない子がそうといると思うわよ。見栄を張りたいっていうか、遅れていると思われたくない気持ちが強くて嘘をついちゃうみたいな」

「私も話半分のところがあるとは思っています。でも、なんか馬鹿にされるのは癪《しゃく》じゃないですか。だったら、一気にもっと先まで行ってやるって気になって」

言い出したら聞かない、猪突猛進なところがあると自覚しているだけに、蒔菜としても自身の大胆さは理解しているつもりだ。そんな話をしていると、蒔菜のキャリーケースを持った正樹がリビングへと戻ってきた。しばらく母も交えた四人で会話をしたあと、美沙は改めて絵梨佳に頭をさげてから帰路につき本格的な同居がスタートした。


「さて、初日はいっしょにお風呂ってことだけど、蒔菜ちゃんは男の子のアレ、見たことないのよね」

午後八時すぎ、三人での初めての夕食を終えてリビングのソファでお茶を飲んでいると、絵梨佳がいきなりそんな問いを投げかけてきた。背の低い長方形のリビングテーブル、その長い辺に沿って置かれた二人掛けに蒔菜は美人教師と並んで座っていた。短い辺には一人掛けのソファが置かれ、正樹はそちらに腰をおろしている。

食事は三人で作ったのだが、意外にも正樹の包丁さばきは堂に入ったもので料理が得意そうであった。すべて母にお任せできた蒔菜は少し恥ずかしくなったほどだ。

「は、はい、ないです。っていうか、初日にいきなりお風呂なんですか？　あの、絵梨佳さんは一昨日、正樹くんと……」

「うん、入ったわよ。ちょっと恥ずかしかったけどね。まあ、私以上に彼のほうが恥ずかしかったみたいだけど」

「女の人とお風呂なんて初めてだったんですから、当たり前じゃないですか」

　正樹が頬を赤らめ反論してくる。その初心な態度に思わずクスッとしてしまう。

「う～ん、いきなり二人でお風呂は気まずいでしょうから、今日は別々に入りましょう。正樹くんも蒔菜ちゃんもそれでいいかしら？」

「はい、まだ心の準備ができていないので、私はそのほうがありがたいです」

「僕もそれでかまいませんけど、絵梨佳さんとも別なんですよね」

「うん、そうよ。いっしょに入ったのは初日だけで昨日も別だったでしょう。っていうか、私、昨日から生理が来ちゃってるのよ」

「あっ、すみません、変なこと言って」

　絵梨佳の言葉に正樹がハッとした様子で頭をさげた。

（私は今週末くらいに生理がくるだろうから、先にエッチをするのは絵梨佳さんってことか。だとすれば、正樹くんも経験済みになるから任せちゃって平気だよね）

瞬時に排卵時期を計算した蒔菜は自身の初体験時期を意識し、顔を赤らめた。

「な、なんで僕だけ、裸にされないといけないんですか」

午後十時前。最後に入浴をし、風呂掃除をしてからリビングに戻った正樹は、絵梨佳から裸になるよう求められ戸惑いの表情を浮かべた。

「蒔菜ちゃんに男の子のアレに慣れてもらうためよ。お風呂だとお互いに全裸でちょっと生々しすぎるからここで、明るいリビングで、私が立ち会った状態で正樹くんだけに脱いでもらうことにしたの。どうせ見せることになるんだから、見られることに慣れておくのも必要よ」

絵梨佳がどこか面白がるように微笑みかけてくる。正樹の入浴中にどういう会話が交わされたのかは不明だが、なぜかそういう結論になったようだ。

(確かに田所さん……蒔菜ちゃんにも見せることになるから、恥ずかしい思いは先に経験したほうがいいかもしれないけど……。でも、なんか先生、楽しんでない？)

「ごめんね、正樹くん」

「あっ、いや、蒔菜ちゃんが謝ることじゃないよ。わかりましたよ、脱ぎますよ」

この段階ですでに顔を赤らめている蒔菜から申し訳なさそうな顔を向けられては、

逆にこちらが罪悪感を覚えてしまう。そのため吹っ切ったように言うと、正樹はパジャマズボンとその下の下着をいっぺんにズリさげた。ポロンッと露出した淫茎は、当然のことながらうなだれた状態だ。

「キャッ、そ、それが男の人の……」

口元に両手をあてがった蒔菜だが、その視線はまっすぐ股間に向けられている。

(うわ、これ、美沙さんや先生に初めて見られたとき以上に恥ずかしいぞ)

経験のある大人と未経験の女子高生。その差が如実《にょじつ》に態度にあらわれていた。

「そう、オチ×チンよ。さすがに勃起していないのね」

「あ、当たり前じゃないですか。この状況で勃つわけないでしょう」

「あれ、一昨日いっしょにお風呂に入ったときは、最初から大きくしてたじゃない」

「あれは先生が裸だったからじゃないですか」

やはりこの状況を面白がっているとしか思えない絵梨佳に、ムキになった反論をしてしまう。そんなやり取りが聞こえていないのか、蒔菜の目が一瞬たりともペニスから離れていないことが感じられ、恥ずかしさで腰がぶるりとしてしまう。

「どう、蒔菜ちゃん、それが通常時の大きさ。エッチするときはもっと大きくなって、カチンカチンの硬さと、ビックリするくらい熱くなるわよ」

「そ、そうなんですね。この状態なら、そんな怖くはないかなと思います」

教師の顔で優しく語りかけた絵梨佳に、蒔菜は上ずった声で返事をしていた。

「じゃあ、大きくしてもらおうかな」

「いや、だから、この状況ではって……せッ、先生！」

からかうように言う女教師に苦笑混じりの顔を向けたとたん、正樹の両目が見開かれた。自然と声が大きくなってしまう。それもそのはず、絵梨佳がTシャツタイプのパジャマの上衣をまさに脱ごうとしていたのだ。

直後、タプタプと揺れながら見事な釣り鐘状の双乳があらわとなった。その瞬間、ペニスがビクンッと跳ねあがり一気にその体積を増していく。

「えっ、絵梨佳、さん……」

「ふふっ、蒔菜ちゃん、もう一度、正樹くんの、見てごらんなさい」

絵梨佳の行動にやはり驚きの顔をしていた女子高生は、女教師に促《うなが》され再び正樹の股間に視線を向けてきた。

「えっ？　キャッ、な、なに、それ……。そ、それが、大きくなった状態……」

先ほど以上の悲鳴をあげた蒔菜が両目を見開き、まじまじと勃起を見つめてくる。

（これ、半端じゃなく恥ずかしいぞ。あんなまっすぐな目で見られたら、すっごいい

たたまれない気分になっちゃうよ)

天を衝く偉容。裏筋を見せそそり立つ強張りに浴びせられる好奇の視線。恥ずかしさとむず痒さを覚え、正樹の腰がモジモジとしてしまった。硬直も羞恥を感じているのかピクピクッと震えてしまっている。

「触ってみる?」

「えっ! さ、触るんですか?」

「真田せッ、絵梨佳さん。それはいくらなんでも急なんじゃ……」

高校生男女の反応を楽しむように、絵梨佳が悪戯っぽい目で尋ねていた。それに対して蒔菜と正樹、二人の口から同時に困惑の声が漏れる。

「ここまできたら、白いのが出るところも見ておいて損はないわよ」

そう言うと女教師が正樹の正面にすっとしゃがみこんできた。豊かな膨らみがユサユサと揺れ動き、それだけで背筋にさざなみが駆けあがっていく。同時にペニスが胴震いを起こし、鈴口からはうっすらと先走りが滲みはじめる。

「えっ、絵梨佳、さん……」

「出そうになっても少しだけでいいから耐えてね」

かすれた声で見下ろす正樹に、上目遣いで見つめ返してきた美女が囁くように言うと右手を強張りにのばしてきた。漲る肉槍がなめらかな指先に絡め取られていく。

「くはッ、あっ、あぁ、絵梨佳、さン……」

キンッと脳天に突き抜ける愉悦が背筋を駆けのぼり、正樹は快感のうめきをあげた。ペニスには小刻みな痙攣が襲い、早くも射精感を覚えてしまう。


「あぁん、正樹くんのやっぱりすっごく硬くて熱いわ。いい、我慢よ」

「そ、そんなに硬くて熱いんですか？」

上半身裸となり見事な双乳をあらわにしている女教師に、蒔菜は上ずった声で尋ねた。初めて勃起を目《ま》の当たりにしてから、女子高生の下腹部には妙なモヤつきがあり、切なそうに腰が揺れてしまっている。

「ええ、とっても硬いし、熱いわ。あなたも触ってみる？」

「そ、それは……」

(会ったばかりの男の子のあそこを触るなんて、そんなこと……。でも、あの硬いのが私のあそこに……)

ＡＩマッチングで引き合わされた同い年の少年。いったんは保留をしたが、妊活に参加すると決断したのは自分だ。であれば、いま女教師に握られている強張りが自身の秘唇を圧し開き、子宮に精液を流しこんでくるのは自明。ならば手触りを知っておいたほうがいい、そんな思いが脳裏をよぎるも、未知なるものへの恐怖もあった。

「え、絵梨佳さん、僕、もう、出ちゃいそうです」

「ちょっと待って。もう少し、蒔菜ちゃんがどうするか決められるまでは耐えて」

「そ、そんなこと言われても……くッ、はぁ……」

絵梨佳の右手がペニスをこするたびに、チュッ、クチュッと粘ついた音が蒔菜の耳にも届いていた。そして、美人教師の手淫に合わせて正樹の腰は狂おしげにくねり、その顔は愉悦に蕩けていった。

「そ、そんなに気持ちいいものなの？　その、こすってもらうと」

「うん、すっごく、いい……。自分でするのとは全然、はぅ、あっ、ダメです、先生。先っちょ、き、亀頭を撫でられたら、あぁぁぁ」

かすれた声で問いかけると、恍惚顔をこちらに向けた正樹がコクンッと頷いてきた。その直後、少年の全身がビクビクッと震えたのがわかる。ハッとして股間に視線を戻すと、絵梨佳が右手で竿部分をこすりあげつつ、左手を張りつめた亀頭に這わせ指先で先端付近を撫でつけていた。

「どう、蒔菜ちゃん、触ってみない？　怖くはないわよ。それどころかいくらでもこっちでコントロールできちゃうんだから」

「先生、お願い、もう許して。ほんとに僕、出ちゃいますよ。蒔菜ちゃんも、くッ、もし触るなら、早く、して。本当にもう限界なんだ」

教え子の強張りを弄ぶ女教師の言葉に、正樹の切なそうな声がつづいた。その哀願するような眼差しに、蒔菜の背筋がゾクッとしてしまった。

（ここまで我慢してくれてるのって、私のため、なんだ。だったら……）

「さ、触ってみます。あの、ごめんね、正樹くん」

「耐えるのよ。それと、蒔菜ちゃんにかけてはダメよ。ちゃんと我慢すれば、最後は私の胸に、正樹くんが大好きなこのオッパイに挟んであげるから、いいわね」

「絵梨佳さんの胸に？　わ、わかり、ました。もうちょっと頑張ります」

肩で息をしつつ首肯する少年に頷き返し、絵梨佳がペニスから手を離した。直後、強張りがビクンッと跳ねあがり、鈴口から先走りが溢れ出したのがわかる。

「さあ、どうぞ、蒔菜ちゃん。そっと、優しく握ってあげて」

「は、はい」

かすれた声で返し、蒔菜は絵梨佳の代わりに少年の前で膝立ちとなった。すると、鼻の奥をくすぐる牡臭もその香りを強め、オンナの本能が腰をゾワッとさせる。

ズンッと子宮に鈍い疼きが走り秘唇表面がムズムズとしてくるなか、ふぅと小さく息をつくと右手をのばし裏筋を見せつけるペニスをそっと握った。

「あっ！　本当にすごく硬くて熱い……」

（これが男の人の……。こんな指が焼かれちゃそうに熱くて、硬いなんて……。これが私のあそこに入ってくるのね。でも、本当にこんな大きなモノが……）

小刻みに脈動する肉竿の熱さと鋼《はがね》のような硬さに、蒔菜の呼吸が自然と荒くなっていった。同時に、太くたくましい男性器が肉洞を割ることを想像すると、やはり恐怖を覚えてしまう。

「うはッ、あぁ、蒔菜ちゃんの指、気持ち、いい……」

見よう見まねでこわごわ肉槍をこすりあげると、とたんに正樹が愉悦のうめきを放ってきた。直後、ツンッと鼻の奥を衝く性臭が濃くなり、ペニスを握る指先にヌチャッとした粘液が絡みついてきた。チュッ、クチュッと先ほど絵梨佳が手淫をしたときと同じ粘音が起こりはじめている。

「どう、蒔菜ちゃん、初めて触った正樹くんのオチ×チンは」

「す、すごいです。こんなに硬くて、熱いなんて、知りませんでした」

絵梨佳の問いかけにかすれた声で返事をする蒔菜の身体には、はっきりとした変化が起こりはじめていた。オンナの本能が受け入れ準備を加速させるように蜜壺を潤ませ、パジャマの下の乳房が張ってくるのがわかる。

（あぁん、やだ、私、エッチな気持ちが大きくなってる。あそこがいやらしく濡れてるのがわかるよ。それに乳首がパジャマとこすれて、なんか腰が揺れちゃう）

「ふふっ、いまの蒔菜ちゃんの顔、とってもエッチよ」

「えっ!?」

女教師の妖しい囁きに全身が燃えるように熱くなり、羞恥がこみあげてきた。

「ンはっ、あぅ、あぁ、そんな急にギュッと握らないで、ただでさえ限界近いのに、そんなふうにされたら、くぅぅ、出ちゃうよぅ」

「はっ！　ご、ごめんなさい」

知らず知らず強張りを握りしめていたらしく、同級生の声でハッと我に返った蒔菜は慌てて右手を硬直から離した。申し訳ない気持ちで正樹の顔を見上げると、少年は上気しトロンと蕩けた眼差しでこちらを見つめてきていた。

「うふっ、もう本当に限界みたいね。よく我慢できたわね、偉いわよ、正樹くん。だから最後は約束どおりに私の胸で……」

頷きかけてきた絵梨佳に場所を譲ると、美人教師は釣り鐘状の豊乳を両手で捧げるようにして教え子の股間ににじり寄った。そして、常に小刻みな痙攣に見まわれるようになっていたペニスをその深い谷間に挟みこんでいった。

「ンほぅぅ、す、すっごい、本当に先生の、ゴクッ、絵梨佳さんの大きなオッパイに僕のが……。くッ、あぁぁ、温かくて、柔らかい感触がこんなに……。はぁ、出ちゃいますよ。本当に僕もう、限界超えてるんですからね」

女教師の乳房の谷間に完全にペニスが隠れてしまった瞬間、正樹の顔がさらに蕩けたのがわかる。よだれを垂らさんばかりの表情で、ウットリと己の強張りを包みこんだ膨らみに視線を送っている。

（すごい、本当に胸の谷間に挟んじゃってる。ゴクッ、オッパイが大きいとこんなことまでできちゃうのね。もしかして、私の胸でも……）

妊娠を目的としたプロジェクトに参加しているとはいえいまだ処女の身。だからこそ、眼前で展開される淫戯に蒔菜の視線は釘づけとなっていた。

先ほどから感じる下腹部の疼きがさらに増し、オトコを知らぬ肉洞が刺激を求めて淫らな果汁を滴らせていく。腰が切なそうに左右に揺れ動き、無意識に両手がパジャマ越しの乳房に這わされていた。母親譲りの豊かな膨らみは美しいお椀形をしたEカップであり、ピチピチとした肉房がいつも以上に張っているのがわかる。

「いいわよ、出して、もう我慢の必要はないんだから。私のオッパイに正樹くんの白いの、全部ぶちまけてちょうだい」

たぐいまれなる美貌にゾクリとくる妖艶さをまとわせた絵梨佳が、両手を双乳の外側に這わせ、揺さぶるように揉みたてていく。タプタプという音が聞こえそうな乳肉の動きがなんとも悩ましかった。

「あぁ、出る、僕、ほんとに、真田先生のオッパイで、イッくぅぅぅぅ……ッ！」

その瞬間、正樹の全身が激しい痙攣に見まわれた。

「あんッ、すっごい、正樹くんの熱いのが谷間に……キャッ、顔にまで……」

ほぼ同時に絵梨佳の口から艶めいたうめきが漏れ、胸の谷間から頭を覗かせた亀頭先端からビュッと白濁液が飛び出し、女教師の唇周りや頬を汚していく。

「その白いのが精液なんですね。こんなすごい匂いがするなんて……」

かすれ声をあげた蒔菜は、初めて目の当たりにする射精や精液の生々しさはもちろん、鼻腔粘膜に突き刺さる濃厚な栗の花の香りに頭がクラリとしてしまった。

「はぁン、そうよ、これが精液、私や蒔菜ちゃんに赤ちゃんを授けてくれる素よ。ンむぅン、もう、まだ出るなんて……」

視線をチラリと送ってきた絵梨佳の顔にはさらなる欲望のエキスが浴びせられ、凄《せい》艶《えん》な色気をまとっていた。

「ごめんなさい、絵梨佳さん。でも、僕、ずっと我慢してたから。それに、くッ、そんなオッパイでずっと刺激されつづけたら、はぁ、射精、とまらないですよ」

恍惚の表情を浮かべた正樹は謝罪の言葉を口にしつつも、ビクンッ、ビクンッと身体を震わせさらなる吐精を見まっていく。それもそのはず、女教師は豊乳に這わせた両手でいまだに肉房を捏ねまわし、ペニスに刺激を送りつづけていたのだ。

(あぁん、なんてエッチなの。こういうことをこれからは私も……)

絵梨佳と自分を置き換えて考えた蒔菜はその刹那、あまりの淫猥さに総身を震わせてしまった。だが同時に肉洞全体がキュンッと収縮し、新たなる淫蜜をショーツに漏らしてしまうのであった。

4

(やっぱり緊張するな。この部屋でこれから絵梨佳さんと……)

蒔菜が合流してから十日ほどが経過した水曜日の午後十一時前。妊活ハウス一階の自室のベッドに浅く腰をおろした正樹は、緊張の面持《おも》ちで絵梨佳がやってくるのを待っていた。生理が明けて一週間以上が経過し、女教師は排卵時期を迎えていたのだ。

(ここで美沙さんに初体験させてもらってから、二週間以上が経ったんだよな。そして今日からはいよいよ本格的な妊活が……)

妖艶な熟女との初体験は、鮮烈な想い出として正樹の中に刻みこまれていた。あれから二週間以上、美人教師との同居がはじまってからも二週間弱。ほとんど毎日のように絵梨佳の素晴らしい肉体を拝ませてもらい、最後には手淫やフェラ、パイズリといった方法で欲望を鎮めてもらってはいたが、最後の一線は越えずにきていた。それどころか、正樹はいまだに女教師の秘唇を見せてもらっていないのだ。

(今日から数日は毎日、先生とエッチができるんだ。そして来週には蒔菜ちゃんと……。蒔菜ちゃんの初めてを僕が奪うんだ)

蒔菜が妊活の参加継続を決意し、妊活ハウスに再びやってきた日、女子高生の荷物を車からおろすのを手伝った際、初体験で使ったボックスシーツを返してもらいつつ美沙から「娘のこと、お願いね」と言われていた。「はい」と返事をしたものの、正直自信はなく、それどころから本心とすれば再び美沙とエッチがしたくて仕方がなかったのだ。しかし、それはけっして口にしてはいけない感情。それがわかっているだけに、必死にこらえたのであった。

（それにしても、蒔菜ちゃんもけっこうエッチな身体、してるよな。まあ、美沙さんの娘さんだから遺伝なんだろうけど）

同居から数日はパジャマを着ていた蒔菜だが、それ以降は裸を見せてくれるようになっていた。さすがに同い年の男子と二人きりは恥ずかしいらしく、絵梨佳といっしょにではあったが、均整の取れた素晴らしいプロポーションをしていた。

細身の身体に揺れるお椀形の美乳は、美沙や絵梨佳ほどにたわわではないが充分な大きさを見せつけ、ウエストの括れは三人の中で一番深く、小ぶりながらもツンッと張り出したヒップが愛らしかった。大人二人には色気の面で負けているが、全体的にピチピチ感がまぶしい肢体をしていた。

（残念なのは蒔菜ちゃんがいまだにパンティを脱いでくれないことだよな。結局まだ一度もいっしょにお風呂、入れていないし……）

秘唇がお預けなのは仕方がないと思えるものの、せめてヒップや陰毛くらいはという気持ちがどうしても拭《ぬぐ》い去れなかった。とはいえ、強引に見せてもらうわけにはいかないため、その日が来るまでのお楽しみと割り切るしかない。そんなことを考えていると突如、コン、コンと扉をノックする音が鼓膜を震わせてきた。

「あっ、はっ、はい、どうぞ」

一気に現実に引き戻された正樹は裏返りそうな声で返事をした。

「し、失礼、するわね」

やはり絵梨佳も緊張しているのだろう、ふだんよりも声が上ずっている。扉を開け部屋に入ってきた女教師が、さっと部屋の中を見たのがわかる。そして、部屋を専有するようなクイーンサイズベッドに一瞬、身体を引きそうになっているのもわかった。

お互いのプライバシー確保のため顔を合わせるのは二階のリビングに限定し、それぞれの部屋を訪れることがなかっただけに、ベッドの大きさに驚いたようだ。

「い、いらっしゃい、絵梨佳、さん」

「ふふっ、緊張しているの？」

「そ、そりゃあ、そうですよ。だって絵梨佳さん、真田先生とこれから……」

絵梨佳の緊張も伝わってきているが、それを茶化す余裕もない。そのためベッドから立ちあがり、強張った顔で美人教師を見つめることしかできなかった。

「まあ、緊張は私もなんだけどね。だって、今夜を越えたら確実に私と正樹くんの関係は変化するもの。すでに教師と生徒の関係からは逸脱していたけど、あんなものは単なる稚戯になってしまう。そう考えると、なんだか怖い感じもするわ」

そう言って笑おうとしたようだが絵梨佳の顔も強張っていた。整いすぎるほどの美貌がいまは少し青ざめているようにも見える。

「ぼ、僕、先生のお見合いを、結婚を阻止できるように精一杯務めますけど、本当に僕でいいんですよね」

「ええ、もちろん。再マッチング相手が桑沢くんだって知ったときは戸惑ったけど、この二週間いっしょに生活して、いまはあなたで、正樹くんでよかったと思えてるわ。正樹くんこそいいのね？　変なことに巻きこんじゃうことになるけど」

「はい。こんなことがなければ僕が真田先生と、絵梨佳さんと子供を作るなんてことなかったと思いますし、せっかく繋《つな》がった絵梨佳さんとの縁を大切にしたいので」

確認した正樹に絵梨佳が迷いのない返答をしてくれたことで、こちらも真剣な表情で頷き返すことができた。

「ありがとう。私もせっかく結ばれたあなたとの縁を大切したいと思っているわ」

ふっと優しい微笑みを浮かべた美人教師の両手が、いきなり正樹の頬を挟みこんできた。白魚の指先のなめらかさにウットリしたのも束の間、絵梨佳の美貌が一気に急接近し、形のいい唇が正樹のそれに重ねられた。

「ンッ!?」

(僕、いま真田先生にキスされてる？　ど、どうしていきなり……。あぁ、でも、すっごく柔らかくて、甘くていい匂いが……)

突然の口づけに戸惑ったのも一瞬、すぐさま唇に感じる柔らかさと鼻腔粘膜をくすぐる芳香に陶然となってしまった。自然と左手が絵梨佳の腰にまわされ、右手はパジャマを突きあげる膨らみへとのびていった。パジャマ越しにもはっきりとわかる豊かな肉房をやんわりと揉みこんでいく。

(先生のオッパイ、大きくて柔らかいだけじゃなくて弾力もすごいよな)

指先を押し返してくる乳肌の反発力にさらに恍惚感が増していく。パジャマズボンの下ではペニスが一気に臨戦態勢を整え、解放を急かすように小刻みに震えていた。

「うむッ、う〜ン……」

切なそうに眉根を寄せた絵梨佳の両手が頬から後頭部へとまわされる。そしてそこから背中へとおろされ、ギュッと抱きしめられた。一瞬にして強張りが女教師の下腹部と密着していく。直後、ビクンッと大きく跳ねあがり先走りがピュッと下着の内側を濡らしてくる。

「うンッ、ぱぁ、あぁ、先生……絵梨佳さん、僕、もう……」

「あぁん、すごいわ、正樹くんのこれ、もうこんなに……。ふふっ、いつもよりカチンカチンな気がするのは気のせいかしらね」

「うわっ、ダメです、そんなエッチに腰動かさないでください。くぅう、初めての子作りエッチだからそれでいつも以上に敏感になってるかも」

口づけを自分から解いた正樹に、絵梨佳がゆったりと腰を左右に振ってきた。密着したペニスが複数の布地を介して妖しくこすられると、それだけで痺れるような愉悦が背筋を駆けあがっていく。

「そうみたいね、私のお腹にピクピク震えているのが伝わってきているもの。でも、無駄撃ちはダメよ。これから何日間か、正樹くんの白いのは全部、私の膣奥に、子宮にくれないといけないんだからね」

うっすらと頰を赤らめながら見つめてくる絶世の美女の悩ましさと可憐さに、背筋がゾクゾクッとした。

(先生のこんな色っぽい顔を見られるのも、僕だけの特権なんだよな。絶対、先生を、絵梨佳さんを妊娠させて、断固お見合い阻止をさせないと)

「わかってます。絶対に僕が絵梨佳さんを守りますから、だから、あの……」

言っていて途中で恥ずかしくなった正樹は、思わず視線をそらせてしまった。

「なんだかプロポーズされたみたいね。ふふッ、期待しているわ」

優しくも艶めいた微笑みを浮かべた絵梨佳が、再度チュッとキスをしてくれた。そしてすっと抱擁を解いてくる。

「さあ、私も裸になるから正樹くんもパジャマ、脱いでちょうだい」

「は、はい」

正樹はTシャツタイプの上衣を脱ぎ捨てるとズボンと下着もいっぺんにズリさげた。ぶんっとうなるようにペニスが飛び出し、亀頭が天を衝く急角度で屹立する。

「あんッ、すっごい、もうそんなに……。この二週間、ほぼ毎日見ているから見慣れたはずなのに、なんだかいつもよりたくましく見えて、ドキドキしちゃうわ」

目元をうっすらと潤ませた美人教師はそう言うと、自身もパジャマを脱ぎ捨てた。ユサユサと重たげに揺れながら釣り鐘状の膨らみがあらわになっただけで、背筋にはさざなみが駆けあがり、強張りが悦びを示すように大きく跳ねあがっていく。

「絵梨佳さんのオッパイ、いつ見てもすっごい……。でも、今日はいよいよ……」

「そうよ、こっちも、キミのものになるのよ」

早くも荒くなった呼吸でかすれ声をあげた正樹に絵梨佳は頷き、ヒップを左右に振りながらパジャマズボンを脱いでくれた。豊かな双乳が左右に揺れ動き、それだけで射精感を覚えてしまいそうになる。あらわとなった下半身には煽情的なワインレッドのパンティが股間に貼りつき、いっそう気分を盛りあげてくる。

「絵梨佳さんのパンティ、すっごくエッチだ。そんな色っぽいの、初めて見ます」

同居してから女教師の下着姿はそれこそ何度も目にしていた。しかし、いつもピンクやブルー、白といったおとなしめな色味であり、セクシーさが押し出されたランジェリーは初めてであった。それだけに、前面に施されたレース模様から透ける陰毛の翳《かげ》りに、それまでにはない色気を感じずにはいられなかった。

「そりゃあ、そうよ、いわゆる勝負下着ってやつなんだから」

「しょ、勝負、下着……ゴクッ」

言葉が持つ「圧」に正樹は総身をぶるりとさせた。呼応するようにペニスも胴震いを起こし、鈴口からは粘度を増した先走りが滲み出していく。

「そうよ、さあ、最後の一枚は正樹くんが脱がせて。まあ、私の全裸はもう見慣れてるかもしれないけどね」

「そ、そんなことないです。絵梨佳さんの裸はいつ見てもほんと素敵で、そ、それに今日は、いままで見せてもらえなかったところも全部……」

「ええ、見せてあげるわ。私の一番恥ずかしいところを。だから、脱がせて」

悩ましく頷いてくる絵梨佳に首肯し、正樹は美人教師の前で膝をついた。小刻みに震える両手を薄布にのばし、その縁に引っかけていく。ゴクッとまたしても喉を鳴らし、張り出した双臀のほうから剝くように最後の一枚を引きおろした。

ツルンッと尻肉から布地がすべりおり、前面部も少しだけさがってくる。荒くなる鼻息を抑えられないままさらに両手を下におろす。刹那、デルタ形の陰毛がふわりと姿をあらわし、かすかな牝臭が鼻の奥を刺激してきた。

「あぁ、すごい、こんな間近に先生のあそこの毛、見るの初めてだ」

「あんッ、ちょっと、そんなところで手止めないで。最後まで脱がせてちょうだい」

「あっ、は、はい、すみません」

ウットリと陰毛を眺めていた正樹は、慌てて下着を足首までズリさげた。絵梨佳の両手が肩に載せられ、片脚をあげてくる。正樹が薄布を足首から抜くと、反対の脚があげられたため、そちらからもパンティを抜き取り、女教師を全裸にした。

「本当に綺麗です、絵梨佳さんの身体。みんなが憧れている真田先生と、こんな素敵な身体とエッチさせてもらえるなんて、いまだに信じられないです」

立ちあがり改めて絵梨佳の全身を眺めると、自然と溜息が漏れてしまう。それほどまでに女教師の身体は素晴らしい造形をしていたのだ。

「私だってそうよ。うちの親があんなふざけた結婚話さえ持ってこなければ『AI妊活』に参加することもなかったし、教え子の正樹くんとこんな関係にはなってないでしょう。そういう意味ではほんと運命なのかもしれないわね。ねえ、どうする？　恋人みたいに舐め合いっこしようか」

どこか恥ずかしそうに、それでいて挑発するような瞳で見つめてくる絵梨佳に胸の奥がキュンッとさせられてしまった。

「なっ、舐め合いっこ、したいです。でも、いまお口でされたら僕、絶対に暴発しちゃうと思うんです。だから、まずは僕に絵梨佳さんのあそこ、舐めさせてください。今日最初の射精は、一番濃い精液は、絵梨佳さんの膣中に……」

妄想の中では何度も経験しているシックスナイン。実際に体験したい気持ちは強い。だが、最重要事案は絵梨佳を妊娠させることであり、一発でも多く子宮に注ぎこみ着床の可能性を高めなければならない。そんな思いがいまの正樹の中では大きかった。

「わかったわ。正樹くんのしたいようにしてみて」

頷いた絵梨佳がそのままベッドの端に浅く腰をおろした。さすがに一瞬の逡巡を見せつつもスラリとした脚を左右に開いてくれる。正樹は再びひざまずき、開かれた脚の間に身体を入れた。

「あぁ、すっごい、これが絵梨佳さんのあそこ……ゴクッ、なんかすでにうっすら濡れているような……」

目の前に開陳された秘唇は、少し黒みかかった薄褐色であった美沙とは違い、くすんだピンク色をしていた。陰唇のはみ出しも熟女ほど顕著ではなく、そこまでの卑猥さは感じない。しかし、淫裂表面はうっすらと光沢を帯び、鼻の奥をくすぐってくる甘みと酸味がミックスされたような牝臭が正樹の牡の部分を正確に刺激してきていた。その香りだけで脳がクラッとし、ペニスが小刻みに跳ねあがっていく。

「こら、そんなデリカシーのないことは言わないでよ。わ、私だって身体触られたら、変な気分になっちゃうわよ」

少し怒ったような調子の女教師の声は、恥ずかしそうに徐々に小さくなった。

(学校での凜《りん》としている先生と違って、なんか可愛いな。こんな一面も見られるなんて、「AI妊活」に強制参加させられたからこそだよな)

「すみません、でも、絵梨佳さんのここ、とっても綺麗で素敵ですよ」

上気した顔で絵梨佳を見あげ謝罪の言葉を口にした正樹は、両手を美人教師の内腿へと這わせていった。適度なムッチリ具合の太腿の手触りに頬を緩めながら、グイッとさらに大きく拡げていく。すると、淫裂がくぱっと口を開け、中からトロリとした蜜液が垂れ落ちてくるのがわかる。

(あっ、すごい。甘い匂いが少し強くなってきた。先生のエッチ汁、きっと美沙さん

のより甘みが強いんだろうな）

酸味のあるチーズ風味であった美沙の淫蜜。匂いだけで酔わされそうであった熟女のフェロモン臭に比べれば、だいぶマイルドな感じがする。

「あんッ、正樹、くん」

「絵梨佳さんの太腿もスベスベしていて気持ちいいです。あの、舐めますよ」

小さく声をあげた絵梨佳の言葉を無視するかたちで、正樹は鼻の頭で甘酸っぱい香りを掻け分けるように唇を一気に秘唇へと近づけた。チュッとキスをし、すぐさま舌を突き出すと、ぬかるんだスリットを上下に舐めあげた。

「はンッ、あっ、あぁ……ま、正樹、くん……」

小さく腰を浮かせた絵梨佳の甘いうめきが頭上からふってくる。その反応に気をよくしつつ、正樹は美人教師の淫裂に舌を這わせつづけた。すると、味蕾《みらい》にはほのかな酸味とフルーティさが襲いかかった。

（先生のジュースのほうが美沙さんよりもちょっと甘いかなあ。でもやっぱり独特のクセみたいなのは共通してるんだな）

妖艶熟女の芳醇な味わいとは違う、フルーティな甘みがありながらどこか青臭さの残る絵梨佳の蜜液を丹念にすすりあげていく。

（本当に舐められてる。私、教え子の男の子にあそこ、与えちゃってる）

ジュルッ、ヂュチュッ、ヂュパッ、チュチュ……。

正樹の舌が秘唇を往復するたびに絵梨佳の背筋には愉悦が駆けあがっていた。一年ぶりに感じる刺激に柔襞が蠕動し、教え子の口に向かって淫蜜を押し出していく。

「はぁン、正樹くん、上手《じょうず》よ。キャンッ！　そ、そこは、あぁ、らっメ〜〜〜」

スリットを優しく撫でつけていた正樹の舌先が、いきなり秘唇の合わせ目を刺激してきた。その瞬間、キンッと突き抜ける鋭い喜悦が脳天を襲い、視界がグニョリとゆがんだ。両手が自然と教え子の頭部に這わされ、その髪の毛を掻きむしってしまう。

ヂュパッ、ヂュチュッ、レロ、ペロペロ、チュパッ……。

絵梨佳の鋭敏な反応に気をよくしたのか、少年の舌が秘唇の合わせ目で硬化していた淫突起を重点的に嬲《なぶ》ってきた。充血し包皮から顔を出しているポッチが生温かな舌で蹂躙されるたびに、眼窩《がんか》には悦楽の瞬きが襲い腰は小刻みな痙攣に見まわれた。

（あぁん、ダメ、このままじゃ私、クンニだけでイカされちゃう。年下の、教え子の男の子に、経験だってないだろう正樹くんに私……）

それがとんでもない恥辱に感じられ、絵梨佳は絶頂を極めんとする本能をなんとか押さえこみ、髪の毛を掻きむしっていた両手で正樹の頭をガッチリと挟むと半ば強引に秘唇から引き離した。

「ンぱぁ、はぁ、え、絵梨佳さん？　すみません、気持ちよくなかったですか」

唇の周りを淫蜜でベットリと濡らした少年が、心細そうな顔で見あげてきた。その頼りなさが、女教師の母性を鷲摑みしてくる。

「違うわ、その逆よ。気持ちよすぎて私……。だから、そろそろ、ねッ、次のステップへ、本来の目的を果たすためのことをしましょう」

（やだわ、なんてまわりくどい言い方しているのかしら。でも、正樹くんに、教え子にセックスを催促するのはさすがに恥ずかしいわ）

「せっ、先生、それって……」

「もう、先生って呼ばないでって言ってるでしょう。正樹くんだって、そろそろ限界でしょう？」

悩ましく火照る顔で正樹を見つめ返した絵梨佳は、視線を少年の股間におろした。そこには天を衝く強張りが誇らしげにそそり立ち、張りつめた亀頭は漏れ出た先走りで卑猥な光沢を放っている。

「は、はい」

上ずった声で頷いた正樹が立ちあがってきた。ぶん、ぶんっと重たそうに揺れるペニスを見ると、絵梨佳の肉洞もキュンッとわななき、挿入を急かすように膣襞がその蠢きをいっそう激しくしてくる。

「素敵よ、正樹くんの。来て。その立派なオチ×チンで、私を妊娠させて」

自然と鼻にかかった甘い声を出していた絵梨佳は、クイーンサイズベッドの中央に横たわった。少年を誘いこむように膝を立て、両脚をM字型に開いていく。

「すっごい、絵梨佳さんのエッチに濡れたあそこをこんなにはっきりと……。みんなに自慢したいくらい感動です」

「バカ、それは絶対にダメよ、わかってるでしょう。ここを見ることができる生徒はあなただけよ。正樹くんのオチ×チンだけがここで気持ちよくなれるんだから。さあ、本当に来て。これで場所、わかるでしょう」

正樹の言葉の持つ背徳感に背筋をゾクリとさせつつ、絵梨佳は両手を秘唇にのばした。ヌチュッとした生々しい女肉の感触に自然と腰が震えてしまう。それでも女教師は己の淫裂を左右にくぱっと開き、挿入を促していく。

(あぁん、こんなふうに自分からあそこを開いておねだりしたの初めてだから、すっごく恥ずかしいわ)

「は、はい、膣中のウネウネも見えてます。で、では、あの、し、失礼します」

ゴクッと生唾を飲む音が聞こえた直後、急角度でそそり立つペニスを右手に握った少年がゆっくりとにじり寄ってきた。張りつめた亀頭が淫裂に照準を合わせたのが見える。正樹がそのまま慎重にペニスの先端を開いた膣口にあてがった。ンチュッと粘膜同士が触れ合う蜜音が耳朶《じだ》をくすぐってくる。

「あんッ、そうよ、そのまま腰を突き出して、私の膣中に、来て」

「はっ、はい。イッ、イキます」

裏返りそうな声を発した教え子が腰を突き出した。グジュッとくぐもった音を立て、たくましい肉槍が肉洞を圧し広げ胎内に入りこんでくる。

「ンはっ！　あぅ、あっ、あぁぁぁ、来てる。正樹くんの硬いのが、膣中に、うンッ、すっ、すっごい……」

(なっ、なに、この充実感。熱くて硬いのはわかってたけど、触ってあげた感じだと膣中がこんないっぱいにされるほど大きいとは思わなかったわ。久しぶりだから？それとも、これも相性のひとつなの？　私の膣中にピッタリとフィットしてる)

張り出したカリで膣襞をこすりあげられた瞬間、絵梨佳の背中が海老反り眼前が真っ白に塗り替えられた。同時に腰がビクン、ビクンッと小さな痙攣に見まわれる。

「くはぅ、あッ、あぁぁ、しゅッごい……。先生の膣中、こんなにキツくて、エッチなヒダヒダがメチャクチャに絡みついてきてるぅ。こんなの、すぐに出ちゃうよ」

「いいのよ、出して。私の子宮に正樹くんの特濃ミルク、注ぎこんでちょうだい」

それまでの緊張が嘘のように一瞬で蕩けきった表情となった教え子の言葉に、絵梨佳は頷き返し、下から積極的に腰を揺らしていった。

「ンはぅ、ダメ、そんなふうにエッチに腰、くねらされたら膣中の反応が……。それに、先生の、絵梨佳さんの膣中、もっと堪能していたいんです」

「バカね、これ一度じゃないのよ。これから毎日、何度でもできるんだから。そうでしょう？　それとも、一度出したら満足なの？」

「そんなことはないです。僕、ずっと、これからは毎日朝までだって……」

悩ましく潤んだ瞳で試すように問いかけると、正樹が激しく首を左右に振ってきた。そのスレたところのない、少年ならではの素直な態度がなんとも可愛らしく思える。

「だったら、ちょうだい」

そう言うと、絵梨佳はさらに腰を動かしていった。律動を促すように、グイグイッと恥骨をこすりつけていく。

「あぁ、絵梨佳さん！」

ぶるっと総身を震わせた正樹が意を決したように、ぎこちなく腰を前後させてきた。すると肉洞内のペニスがピクピクッと震え、さらに体積を増したのがわかる。

(あぁん、まだ大きくなるなんて、ほんとにすごいわ。こんなので思いきり突かれたら私、その瞬間に……)

「あんッ、そうよ、その調子。もっと、もっと激しくしていいのよ」

濃厚な精液はもちろん、絶頂を欲《ほっ》する気持ちが強まっていく。そのため絵梨佳はM字型に開いていた両脚を跳ねあげ、教え子の腰をガッチリと蟹挟みしていった。

「うわぁ、あぁ、え、絵梨佳、さンッ……くぅ、はぁ、ほんとに、出ちゃいそう」

愉悦に顔を歪めた正樹は、両手を女教師の顔の横につくように上体を倒すと、ぎこちなく腰を動かしていった。ヂュッ、グチュッと卑猥な摩擦音を立て小幅に往復する強張りが柔襞をしごきあげていく。

「いいわ、出して! 正樹くんの精液で私のこと、孕《はら》ませて」

たぐいまれな美貌を淫蕩色に染める女教師に見つめられ、正樹は背筋を震わせた。

(まさか真田先生がこんなに積極的になるなんて……。それに、先生の膣中、美沙さんよりキツキツでヒダヒダも細かい感じがして、とんでもなくエッチだよ)

熟女の優しく包みこみながらもしっかりと絞りあげてくる膣襞と比べ、女教師の肉洞は締めつけも強く、柔襞は複雑に入り組んだ感じがしていた。それが四方八方からペニスに絡みつきしごきあげてくるため、ひとこすりするたびに痺れるような快感が脳天を突き抜け、先ほどから我慢している射精感がさらに迫《せ》りあがってくる。

(でも、まだだ。もう少しこのまま、絵梨佳さんと……)

絵梨佳の将来は自分が妊娠させられるかどうかにかかっている。そう考えると少し怖くもなるが、校内一の美貌と人気を誇る女教師を独り占めできる愉悦はやはり何物にも代えがたい。それだけにこの瞬間を、最初の射精をじっくりと楽しみたい気持ちが強まってきていた。

奥歯をグッと嚙み、突きあがる射精衝動をなんとか抑えつけながら、正樹は必死に腰を振りつづけた。ヂュチョッ、グチュッと卑猥な摩擦音がさらに大きくなり、強張りを襲う柔襞の饗応もより激しく感じられる。

「はンッ！　いいわ、素敵よ、うンッ、あぁ、ちょうだい、正樹。あなたの濃いの私の膣奥にたっぷりと……」

「おぉぉ、絵梨佳さん！　絵梨佳……」

睾丸がクンッと迫りあがり、煮えたぎったマグマが圧を高めてくるなか、正樹は快感に霞む瞳で艶めかしい女教師と見つめ合った。さらに、右手を絵梨佳の左胸に被せると、たわわに実りながらもしっかりとした弾力溢れる乳肉を揉みこんだ。

「うんっ、いいわ、オッパイもオマ×コも、全部キミの、正樹くんのモノよ。これからも私のこと、あぅン、好きにしていいから、だから……」

「あぁ、先生、絵梨佳先生……絵梨佳、さンッ」

絵梨佳の口から発せられた卑猥な四文字言葉に、我慢を重ねてきた射精感が一気に限界を迎えたのがわかる。正樹は最後の力を振り絞りメチャクチャに腰を打ちつけていった。粘つく摩擦音がさらにそのボリュームをあげ、張りつめた亀頭が入り組んだ膣襞で思いきりしごきあげられていく。

「はンッ、あぁ、いい、イクッ、私も、ねえ、いっしょに、膣奥にちょうだい」

「おぉぉ、出る！　本当にもう、あっ、あぁぁぁぁッ！」

ズンッとひときわ奥までペニスを叩きつけた瞬間、亀頭先端がコツンッと子宮に当たった。それがトリガーとなりペニスには射精痙攣が襲いかかった。ズビュッ、ドピュッと猛烈な勢いで迸り出た白濁液を美人教師の子宮に打ちつけていく。

「はンッ、来てる！　熱いのが膣奥に……イクわ。私も、イッぐぅ〜〜ンッ！」

直後、絵梨佳の全身にも痙攣が走った。ヒップが盛大にベッドから浮きあがり、肉洞がグッとその締めつけを強めすぐさま弛緩してくる。その後はウネウネと蠢きながらさらなる精液を求めるように強張りを弄んできた。

「あぁ、すっごい、絵梨佳さんの膣奥に絞り取られていくぅ」

精気すべてを搾り取られるような絶頂感に、正樹はグッタリと女教師の上に倒れこんでいった。小刻みな痙攣をつづけている絵梨佳が、優しく抱きとめてくれる。

「あぁ、絵梨佳さん、すっごく気持ちよかったです」

「あんッ、あなたもとっても素敵だったわよ。お腹の中がポカポカするくらい熱くて濃いの、出してくれたのね」

うっすらと汗が浮かぶ上気した顔で見つめ合った二人は、やがてどちらからともなく唇を重ね合わせた。美人教師が舌を突き出してきたのに応え、正樹も舌を出し、ネットリと絡め合っていく。すると、射精直後のペニスが肉洞内でビクンッと跳ねあがりながら、その硬度を再びマックスまで高めていった。

「ンむぅん、はぁ、すごいわ、また硬くなってる。ねえ、ちょうだい、もっといっぱい、正樹くんの精液、私の子宮にゴックンさせて」

「もちろんですよ。ほんとに朝まで寝かせませんからね。明日は寝不足で学校行くことになるの覚悟してくださいよ」

初めて見る女教師の凄艶な色気に背筋を震わせながら、正樹は自分に言い聞かせるように言うと、再び腰を上下に振りはじめるのであった。

第三章　純粋美少女の無垢な秘唇

1

「はーい、じゃあ、今日の授業はここまでね。で、久々にノートチェックを行うから今日の日直……桑沢くんか。悪いけど、桑沢くん、放課後、みんなのノートを集めて社会科準備室に持ってきてちょうだい」

　初めての子作りセックスを行った翌日、正樹のクラスでの授業を終えた絵梨佳は、一部生徒の怨嗟《えんさ》の声を聞き流し目当ての少年に視線を向けた。

　F学園高校ではルーズリーフを禁止しており、普通のノートの使用を義務づけていた。それは今回のように抜き打ちで生徒のノートをチェックし、ちゃんと授業を聞いて板書を書き移しているか、パラパラ漫画などの悪戯書きで遊んでいないかを把握するためである。そのためしっかりとノートを取っていない生徒にはいたく不興《ふきょう》なのだ。

「あっ、はい、わかりました」

正樹が頷《うなず》くのを確認してから絵梨佳は教壇をおり、教室を出た。

(正樹くん、私が放課後にわざわざ呼び出した理由、わかってるかしら？　まあ、わかってなくてもいいか。それにしても、まだ腰がだるいわ。まさかあんなに何度もできるなんて……やっぱり若さかしらね)

朝までコースとはならなかったが、それでも午前四時前近くまで何度も絵梨佳は教え子の白濁液を子宮に浴びていたのだ。一年以上セックスから遠ざかっていた肉体にはさすがにこたえるものがあり、午後になってもまだ倦怠感を覚えていた。

(AIによるマッチングも良好なわけだし、あれだけたっぷり膣奥に出してもらえたら本当に妊娠ができるかもしれないわね。そうすれば、結婚は回避できる)

望まぬお見合い結婚の回避。そのために教え子を利用するのは心苦しさがあるものの、二週間の同居生活を経て、絵梨佳は一人の女性として年下の少年に惹かれるものを感じはじめていた。そのため「この子の子供なら喜んで」という気持ちが大きくなっており、それが妊娠に対するハードルをさげていた。

(今夜もまたいっぱい出されちゃうんだろうな。でも、それを少しは緩和させて夜はしっかり眠れるようにするために私は……)

絵梨佳は自身の考えの淫猥さにぶるりと腰を震わせつつ、社会科準備室へ向かう階段をあがるのであった。


ドアをノックし「失礼します」と声をかけて正樹は社会科準備室へと入った。社会科を担当する教諭は五人いるのだが部屋には絵梨佳一人しかいないようだ。

「はい、ご苦労さま」

左右の壁に沿うように三つずつ並べられていたスチールデスク。右側中央にいた絵梨佳が椅子から立ちあがり、両手で三十冊以上のノートを抱《かか》えていた正樹に近寄ってくると半分持ってくれた。その瞬間、腕にかかる負荷が一気に軽くなる。

「ひとクラス分のノートを一人で運ぶのは大変なんですから、今度から指名は二人にしてくださいよ」

教師然とした白い七分袖のブラウスにグレーの膝丈タイトスカートといった格好の絵梨佳のデスクに残りのノートも置き、「ふぅ」と息をつく。さすがに三十冊を超えるノートを抱えて歩くのはつらく、なにより扉をノックしドアノブをまわすのにも一苦労だっただけに、文句のひとつも言いたくなる。

「あら、せっかくほかの先生がお休みだったり、部活指導でいないから二人きりになれる時間なのに、そんなこと言っちゃうの？」

「えっ？」

絵梨佳からの思わぬ返答に、正樹は驚きのあまりポカンと口を開けてしまった。

「ふふッ、昨夜は、というか明け方近かったかもしれないけど、とっても素敵だったわよ。私はまだ腰がだるいくらいなんだから。正樹くんはそんなことないの？」

「せっ、先生、いきなりなにを……。そ、そりゃあ、僕だって倦怠感みたいなものはありますけど……」

（学校でこの話題を出すなんてどうしたんだ？　あれは妊活ハウス内だけに留《とど》めるっていうことだったはずなのに……）

学校では悟られないようこれまでどおりでいこう、というのは同居開始直後に決めたことだ。実際、昨日まではそのとおり実践してきている。それを一線を越えた翌日に女教師のほうから破ってくるとは、訝《いぶか》しい思いに捕らわれてしまう。

（でも、思い出すまでもなく、昨日の先生、すっごくエッチだったよな）

教師ではなくモデルにでもなったほうがよかったのではないかと思える美形。その美しい顔を淫らに染め、甘い喘ぎをあげていた絵梨佳。抜群のプロポーションをくねらせ、入り組んだ膣襞でペニスを貪《むさぼ》る肉食の蜜壺。その感触すべてがフラッシュバックし、淫茎がピクピクッと小さな身じろぎをしながら鎌首をもたげてくる。

「今日の朝、蒔菜ちゃんがどこか居心地悪そうだったの、気づいた？」

「えっ、あぁ、まあ、なんか様子が違うなあ、とは」

いきなり話題を変えられ、さらに困惑を覚えながらも素直に返していく。

「あれ、絶対、私たちのエッチを意識しちゃったからよ。私が三階に戻ったのは明け方近かったけど、もしかしたら眠れぬまま起きていたのかも。それで、こんな時間までエッチしていたんだと思っちゃった、とか」

「ま、まさか……」

「さすがに当人には聞けないけど、蒔菜ちゃんは経験がないわけでしょう。だとすればいろいろと想像しちゃうと思うな」

絵梨佳の言葉に正樹は顔が少し引き攣るのを感じた。同じ目的のもと同居しているだけに、昨日から絵梨佳の妊活がスタートしたことは当然、蒔菜も知っている。今月の初旬、美沙により童貞を卒業させてもらった正樹とすれば、経験がないからこそいろいろと妄想が広がってしまう可能性についてはは否定できるものではなかった。

「だとしても、妊活である以上はエッチしないわけには……」

「もちろんよ。私はなにがなんでも妊娠、したいんだから。そこで提案なんだけど、夜はそんな遅くならないようにしましょう。具体的には日付をまたぐ前後くらい」

「それって回数を減らすってことですか？」

「そんな悲しそうな顔しないで。夜、減らすのなら、昼間、増やすだけでしょう」

「えっ！　そ、それって……。だから僕をここに？」

ふだん学校では見ることのない美人教師の蠱惑《こわく》の微笑みを向けられた正樹は、言葉の意味するところを察し、驚きの表情を浮かべた。一方ペニスは歓迎を示すように学生ズボンの下で嬉しそうに胴震いをしている。

「正樹くん一人をここに来るよう仕向けた理由、わかってくれたかしら？」

「で、でも、本当に大丈夫なんですか。誰か生徒が授業のことで質問に来たり、ほかの先生が戻ってくる可能性は」

絵梨佳の大胆な提案に期待とともに不安が去来してしまう。

「いちおう鍵はかけるけど、リスクはあるわ。でもね、両親には悪いけど例の結婚は拒否したいのよ。相手も悪い人じゃないんだろうけど、写真を見ただけで直感的に『無理』って思っちゃったの。だから……」

（そうだよな、先生の人生がかかってるんだから、多少の無茶は僕も覚悟しないと。それに国認定の子作りなんだし、いざとなったらそれで押しきるしかないよな）

「わかりました。絵梨佳さんには幸せになってほしいので、できる協力はなんでもします。っていうか、学校で先生とエッチできるなんてかえって興奮しちゃいますよ」

「ふふっ、ありがとう。じゃあ、邪魔が入らないうちに早速」

正樹が緊張を押し隠すように強気な口調で返すと、絵梨佳が優しい微笑みを浮かべ頷き返してきた。そのまま女教師は準備室の鍵をかけ、窓のカーテンを閉めた。

密室感の上昇に緊張が増してくる。それでも意をけっして胸ポケットに校章が刺《し》繍《しゅう》された半袖ワイシャツを脱いでいく。チラッと絵梨佳に視線を向けると、さすがに緊張しているのかブラウスのボタンに手をかける顔が若干強張《こわば》っているようだ。

「学校で真田先生の下着姿を見られるとは思いませんでしたよ」

緊張緩和の思いもあり、ズボンのベルトを緩めつつブラウスを脱ぎ捨てた絵梨佳に軽口を叩く。美人教師の豊かな胸元はサックスブルーのブラジャーで守られていた。ブラウスに透けない配慮なのか非常にシンプルな下着であったが、カップに挟まれた深い谷間を見るだけでペニスは嬉しそうに跳ねあがり、先走りを滲ませてしまう。

「もういまは先生呼び禁止よ。昨日だってエッチの最中、何度も『先生』って呼んでくるし、生徒とエッチしてるんだっていう羞恥心でも持たせたかったの？」

「すみません、そういうわけじゃないんですけど、つい出ちゃったっていうか……」

自覚はあるだけに小さく頭をさげ、正樹はズボンをストンッと落とした。いったん革靴を脱ぎ、ズボンを足首から抜き取っていく。これでもう靴下と紺のボクサーブリーフだけだ。その下着の前面は大きく盛りあがりテントを張ってしまっている。

「まあ、いいけどね。って……正樹くんのそこも、もうそんなに大きく。もしかして学校でのエッチに興奮しちゃってる？」

「当然ですよ。みんなの憧れである真田先生と学校でなんて、もし見つかったらの恐怖もあるけど、でも、やっぱり興奮しちゃいます」

「ふふっ、正直ね。でも、それは私もいっしょよ。職場で教え子の男の子とっていうのは背徳感がとんでもないわ。だから、私ももう……」

からかうように言ってきた絵梨佳に上ずりかけた声で返答すると、女教師はどこか自嘲的な笑みを浮かべタイトスカートを脱ぎ落とした。黒いストッキングに包まれた美脚とそこから透けて見えるパンティに背筋がゾクリとしてしまう。すると黒いローヒールパンプスを履いたまま足首からスカートを抜き取った絵梨佳が、自身のデスクに腰を預けるように脚を開き股間部分を見せてきた。

「あっ！」

(濡れてる。先生のあそこ、ストッキングに少し光沢が出ちゃってるよ)

「わかるでしょう。正樹くんのが欲しくて、私のここ、もう……」

「僕もです、僕も先生、絵梨佳さんの気持ちのいいあそこでまた……」

頬を染める八歳年上の美女に愛おしさを覚えた正樹は、せわしなくボクサーブリーフを脱ぎおろした。下腹部に貼りつきそうな急角度のペニスが勢いよく飛び出す。

「あんッ、とっても素敵よ」

勃起を目にしたとたん美人教師の目が淫靡な潤みを放ち、吸い寄せられるように正樹の前で膝立ちとなった。次の瞬間、ほっそりとした右手がいきり立つ肉竿に絡みついてくる。

「ンはっ、あぁ、絵梨佳、さん……」

「はぁン、ほんとにすごく硬くて熱いわ。昨夜は私、これで何度も……。はぅッ」

「うはッ、あぅ、ダメですよ、そんないきなり……き、汚いですから、はぁ……」

ウットリとした瞳で強張りを見つめた絵梨佳が、いきなり唇を開き硬直を咥えこんできた。そのあまりに唐突な行為と、敏感な亀頭を襲う生温かな舌のヌメリに正樹の顎がクンッとあがった。

（嘘だろう、絵梨佳さんが学校で僕のを口に……。シャワーも浴びてないから、汚いはずなのに……。はぁ、ダメだ、気持ちよすぎてすぐにでも出ちゃいそう……）

チュッ、チュパッ、チュプッ……。完全に淫蕩モードに入っているのか、絵梨佳がすぐさま首を前後に動かしはじめた。柔らかな唇粘膜によるこすりあげと、亀頭に絡む舌先の蠢《うごめ》きに射精感が一気に押し寄せてくる。

「うッ、あぁ、気持ち、いい……。まさか学校で絵梨佳さんにしてもらえるなんて、うぅぅ、信じられませんよ」

睾丸が迫《せ》りあがってくる気配を感じつつかすれた声で愉悦を伝えていくと、上目遣いに見つめてきた女教師の瞳が悩ましく細められた。さらに両手を背中にまわし、プチンッとブラジャーのホックを外してきた。ユサユサと揺れながら釣り鐘状のたわわな膨らみがあらわとなる。

「あぁ、絵梨佳さんのオッパイ。いつ見ても大きくって素敵です。またいっぱいモミモミさせてください」

見事な双乳に口腔内の強張りが跳ねあがり、張りつめた亀頭が美人教師の上顎と接触する。その刺激にさえ腰が震え、肉槍に新たな血液が送りこまれていった。

「ンぐっ、むぅぅ、うンッ、うぅぅ……ヂュパッ、チュプッ……」

一瞬、眉間に皺を寄せ苦しげなうめきをあげた絵梨佳だが、すぐに立ち直り再び柔らかな唇で肉竿をこすりあげてきた。すると今度はそれまでとは違い、締めつけから解放された豊乳がタプタプと揺れ動く姿が視神経を刺激してくる。

「す、すっごい……。口でしてもらうだけでも最高なのに。大きなオッパイがエッチに揺れている姿まで見せられたら僕、本当にもう……」

ペニスを襲う鋭い快感だけでも絶頂感がこみあげてきているのに、豊かな乳房が揺れる姿まで見せられてはたまったものではなかった。そのため両手を女教師のサラサラな黒髪に這わせ、切なさを伝えるように指先に美しい髪を絡ませていく。

艶めかしい瞳でこちらを見あげてきていた絵梨佳が少し微笑んだ。その瞬間、唇がキュッとすぼまり、肉竿に感じていた締めつけが少しだけ強まってくる。さらに笑んだことで口腔内の舌も微妙な動きを見せ、不意打ちのように亀頭裏が嬲《なぶ》られた。

「せっ、先生……あぁ……」

小刻みな痙攣がペニスを襲いはじめ、射精感がさらに上昇してくる。

（いつ誰が来るかわからないんだから、出すなら絵梨佳さんの膣奥に……）

口唇愛撫の中断を求めようと改めて絵梨佳を見つめた瞬間、正樹の腰がぶるぶるっと震えてしまった。

（えっ！　嘘……。もしかして先生、自分であそこ、弄ってる？）

それまで揺れる双乳にばかり気を取られていたのだが、その下では細腰が悩ましく左右に動き、さらに美人教師の右手が股間にのびているのがわかった。手が前後に動くたびに、ピクッ、ピクッと小さくヒップが跳ねている。その痴態に一瞬忘れた射精感が一気に膨れあがった。

「あっ！　ヤバい……」

肛門をキュッと引き締め、決壊しそうな堰《せき》をなんとか死守した正樹は、女教師の頭をグッと押さえこみ強引に強張りを引き抜いた。

「ンぱぁ、あぁん、どうしたの、正樹くん。このまま一度出してもよかったのに」

「僕だって出したいですけど、でも時間、ないじゃないですか。だから、今度は僕が絵梨佳さんのあそこを……。そしてすぐにこれを膣中に……。やっぱり、膣中に出さないと赤ちゃんできないですし、だから」

艶めかしい顔で見あげてくる絵梨佳に腰を震わせつつ、正樹も上気した顔で見つめ返した。美女の唾液と先走りで強張り全体がヌッチョリとしたテカリを帯び、すえた牡の欲望臭が鼻の奥をくすぐってくる。

「ありがとう。でも、舐めてくれる必要はないわ。だって、私のあそこはもう……。

だからすぐに正樹くんのそれ、ちょうだい」

　立ちあがった絵梨佳は少し恥じらうように頬を染めると、張り出した双臀を左右に振りながらストッキングとパンティを脱ぎおろした。デルタ形の陰毛がふんわりとあらわとなり、鼻腔粘膜に牝臭のくすぐったさを感じる。さらに薄布のクロッチが股間から離れた瞬間、チュッと小さな蜜音が起こり一瞬粘液の糸が見えた。その艶めかしさに、正樹の背筋にはさざなみが駆けあがっていく。

「はぁ、いまの絵梨佳さん、とっても色っぽくて素敵です」

　硬直が小刻みに跳ねあがり解放を急かしてくるなか、絵梨佳が左足首からストッキングとパンティを抜き取った。そしてクルッとこちらに張りのあるヒップを向けると両手を自身のデスクにつき、双臀を後ろに突き出してくる。

「ふふっ、ありがとう。さあ、来て。また私の膣奥に正樹くんの濃いミルク、いっぱいゴックンさせて」

「は、はい」

　ゴクッと生唾を飲みこみ右手に熱く漲る肉槍を握ると、控えめに口を開いている艶めかしい光沢を放つ秘唇に亀頭先端を近づけた。鼻息が荒くなってくるなか、左手で女教師の細腰を摑み、張りつめた先端をくすんだピンク色をしたスリットにあてがっていく。刹那、ンチュッと粘膜同士が接触し愉悦が背筋を駆けあがった。

「あんッ、正樹、くん」

「あぁ、絵梨佳さん、い、イキますね」

小さく腰を震わせた絵梨佳に緊張でかすれる声で返すと、正樹は腰をグイッと突き出した。ンヂュッとくぐもった音を立て、いきり立つ強張りが締まりのいい肉洞に嵌まりこんでいく。

「ンはっ！　はぅ、あっ、あぁぁ、来てる。また、正樹くんの硬いのが膣中に、私の膣奥に入ってきてるぅぅ」

「ダメですよ、先生、そんな大きな声出して、もし誰かに聞かれたら」

美しい背中を弓なりに反らせ快感を伝えてくる美人教師の声が予想外に大きく、正樹はドキッとしてしまった。

「あんッ、わかってるわ。でもしょうがないじゃない。あなたのオチ×チン、本当に素敵なんだから」

「それは、僕だって同じですよ。はぁ、絵梨佳さんの膣中、一気にウネウネが絡みついてきて、これじゃあほんとすぐに出ちゃいそうです」

美沙に比べて狭い蜜壺内では複雑に入り組んだ柔襞が四方八方からペニスに襲いか

かり、子種を搾り取らんと躍動していた。

「いいのよ、出して。我慢しないで熱いミルクを私にちょうだい」

「でも、少しでも絵梨佳さんにも気持ちよくなってもらいたいので……」

艶めいた顔を後ろに向けてきた絵梨佳に、絞り出すような声で答えた正樹はスベスベとした艶腰をガッチリと掴んだままゆっくりと腰を前後に動かしはじめた。グジュッ、ズチュッと卑猥な摩擦音を立て、漲《みなぎ》る肉槍がキツめの肉洞を往復していく。


「はンッ、うんっ、はぁ……」

膣内を満たす教え子の熱く硬いペニスで柔襞をしごきあげられると、痺れるよう悦楽が断続的に走り抜けていった。

「あぁ、気持ちいい。学校で真田先生のエッチなあそこで気持ちよくしてもらえるなんて、いまだに信じられませんよ」

「イヤ、いまは先生呼び、本当にやめて」

(あぁん、私、本当に学校で生徒と……。正樹くんがさっき言っていたみたいに、いつ誰が来るかわからないのに、こんな場面を見られたら私……)

部屋の鍵はかけているためいきなりドアを開けられることはないと頭では理解しな

がらも、神聖なる職場で未成年の少年と性交している事実に絵梨佳の性感が煽られてしまった。そのため、自然と肉洞がキュッとその締めつけを強めてしまう。

「うわっ、くッ、ダメです。ただでさえ気持ちのいい絵梨佳さんのエッチな襞でこすられているのに、いきなりそんな締められたら、僕……」

その瞬間、蜜壺を割らんばかりに満たしていたペニスが大きく跳ねあがり、さらなる充実具合を見せてきた。

「うンッ、すっごい、まだ、大きくなるなんて……。はぁ、出して、正樹くんの濃いの、またいっぱい注ぎこんでちょうだい」

「はい、また出させてもらいます。でも、絵梨佳さんも気持ちよくなってください」

決意の言葉を口にした少年の律動が速まる。卑猥な性交音が高まり、そこにパンッ、パンッと少年の腰が絵梨佳の双臀を叩く音が混ざり合っていく。

「はンッ、そうよ、もっと、もっと激しく叩きつけてきて。私の膣中、壊れちゃうくらいメチャクチャにしてくれていいから、だから……」

勢いよくペニスが突きこまれると子宮が前方に押し出される。入り組んだ柔襞が張り出したカリによってこそげあげられ、女教師の肉欲をさらに刺激してきた。

「おぉぉ、先生……絵梨佳、さンッ」

かすれた声で快感を伝えてくる正樹の両手が腰から乳房へと移動してきた。少し前傾姿勢となっていることでさらに量感を増した釣り鐘状の膨らみが捏ねあげられていく。柔襞から伝わる鋭く突き抜けていく喜悦とは別の、柔らかく溶けこんでくるような愉悦が絵梨佳の全身を包みこんだ。

「あぁん、いいわ、揉んで。ズンズンあそこを突かれるのもいいけど、そうやって優しくオッパイ揉まれるのも好きよ」

乳房を揉みはじめたことでそれまでの大きな律動は失われていたが、それでもいっそう奥まで入りこんできた肉槍で子宮口付近をこすりあげられると、痺れる愉悦が背筋を駆けのぼっていく。

「気持ちいいですよ。絵梨佳さんの大きなオッパイは柔らかいのに弾力もあって、ずっと触っていたいくらいです」

「いいのよ、触りつづけて。二人きりのときはいつでも触らせてあげるわ」

右耳の後ろから蕩けるような悦びを伝えてくる少年に、絵梨佳は甘い声で答えた。

「約束ですよ」

正樹の指先が双乳の頂上に鎮座する乳首に這わされ、球状に硬化しているポチッを優しく弄《もてあそ》んできた。その瞬間、キンッと突き抜ける悦びが快楽中枢を揺さぶった。

「はンッ！　正樹、くンッ」

絵梨佳の背中がまたしても弓なりに反り、肉洞全体がさらにギュッと締めつけを強めてしまう。

「ンはっ、あぁ、絵梨佳さんのここ、さらに締まった。はぁ、すっごい、絵梨佳さんの身体、オッパイもオマ×コも全部気持ちいい」

「あぁん、いいわ、キミのモノよ。妊娠させてくれれば、今後もずっと正樹だけの、あんッ、嘘でしょう、まだ大きくなるなんて……」

「だって、絵梨佳さんのここ、本当にキッキツウネウネで気持ちいいんだもん。あぁ、出しますよ、本当にまた、膣奥に出しますから、全部、受けとめてください」

絶頂感が近いのだろう、切羽詰まった声となった正樹の両手が再び腰に戻された。その直後から少年の律動がいっそう激しくなる。職場である学校で生徒と交わる禁断の性交音が社会科準備室に響き渡った。

「あんッ、いい、ちょうだい、濃いのいっぱい、子宮にいっぱいちょうだい」

たくましい肉槍が高速で膣襞を抉りこむ鋭い快感の突きあげに、絵梨佳の腰にも断続的は痙攣が襲いはじめた。視界が白くぼやけ甲高《かんだか》い喘ぎがこぼれ落ちていく。

「先生、声」

「ダメ、もう抑えられない。だから、早く、正樹くんので私もイカせて」

「おぉぉ、絵梨佳さん、エリ、かッ、はぁ、でッ、出ッるぅぅぅぅッ！」

ズンッとひときわ力強く腰が突き出され、子宮口にコツンッと亀頭が体当たりをしてきた直後、熱い迸《ほとばし》りが胎内に叩きつけられた。

「ンあっ！　来てる、はぁン、正樹くんの濃厚で熱いのがまあ……。あぁ、イクわ。私も、ンッ、イッぢゃぅぅぅぅ～～ンッ！」

膣内を満たす熱い粘液の感触に、絵梨佳もついに絶頂を迎えた。ガクガクと腰が震え、膝から力が抜けていきそうになる。

「ンはぅ、はぁ、すっごい、絵梨佳さんの膣中のウネウネがさらに……。おぉぉ、搾られる。エッチなヒダヒダで僕、まだ……」

「いいわ、出して。溜まってるミルク全部、私の膣奥に飲ませて」

膣内で跳ねるペニスから断続的に放たれる欲望のエキスを受けとめながら、上半身を机に突っ伏すようにして身体が崩れ落ちるのを辛うじて回避していくのであった。

2

六月の最終週に入った火曜日の午後九時すぎ、この数日落ち着かない気持ちですごしていた蒔菜の緊張がピークを迎えていた。来週の木曜日からは期末試験がはじまるためその勉強も進めなければならないが、それ以上に重要なイベントが迫っていたのだ。処女であることを重荷に感じて参加を決意した「ＡＩ妊活」。その本番である。

（お風呂からあがったらそのまま一階の正樹くんの部屋に行って、そして……）

身体を綺麗に洗い終え、湯船にしっかり肩まで浸かる女子高生の頭にとりとめもなく今後の段取りが浮かんでくる。少年は先に入浴をすませているため、蒔菜が風呂からあがればもう猶予はない状態であった。

（正樹くんの硬くなったアレにはだいぶ慣れたけど、でも今夜は絵梨佳さんがいないところで最後まで……）

参加保留で一時自宅に戻っていた期間を除いても二週間以上、正樹、絵梨佳との共同生活がつづいていた。いままでも絵梨佳の妊活時期を除いて少年のペニスに触れる機会を持っていたが、そのときはいつも女教師が同席してくれていた。しかし、今夜はこれから正樹と二人きりですごすことになるのだ。

（絵梨佳さんの立ち会い、頼めばよかったかな。でも、初めてのエッチをほかの人に見られるのはやっぱり恥ずかしいし……）

初体験である蒔菜を気遣って正樹が絵梨佳の立ち会いを提案してくれたのだが、処女を失う瞬間を見られたくない思いが強く、それは断っていた。そのため一対一で向き合い、身体を許すことになるのである。

（正樹くんのことは信用しているけど、やっぱりちょっと怖いな）

額からうっすらと汗が滲み出し、湯あたりしそうになりながらもなお湯船から出られない理由がそれであった。

参加保留中に母親の美沙がないしょで正樹と連絡を取り、「いい子なんじゃないかしら」という印象を持ったことも影響しているのかもしれないが、実際、少年はなにかと気遣ってくれていた。お互いが裸になっても無理に蒔菜の身体に触ろうとはしてこず、こちらが触ると必死に射精しまいと耐えてくれているのがわかるのだ。

（いつもは最後、絵梨佳さんがお口やオッパイで出してあげていたけど、今日は私が……それも、な、膣中に直接……）

白濁液が噴き出す瞬間はすでに何度も目撃している。しかし今夜はあの勢いよく迸り出る欲望のエキスを膣中に、子宮に直接浴びることになるのだ。改めてそれを意識したとたん、蒔菜は顔が一気に赤らむのを感じた。同時に下腹部にはズンッという疼きが走り、オンナとしての機能に目覚めた肉洞が刺激を欲《ほっ》して蠢きだしてしまう。

（やだ、このままじゃ本当にのぼせちゃう。緊張でお風呂から出られずにのぼせた姿で発見されるなんて、恥ずかしすぎる）

「ふぅ、よし！」

浴室の白い天井を見あげ大きく息をつくと、蒔菜は勢いよく立ちあがった。

スラリと背が高く、脚も細く長いため一見スレンダーに思われがちだが、実際はメリハリの効いたプロポーションをしていた。母親譲りの豊かな乳房、深く括れたウエスト、そして小ぶりながらもツンッと突き出したヒップ。その張りに満ちあふれた十代の肌を玉状になった湯がすべり落ちていく。

脱衣所のバスタオルで身体を拭《ぬぐ》い、おろしたてのピンクのショーツに脚を通す。女子高生にとってはちょっと背のびをしたシルクサテンの薄布のなめらかさに、思わず腰が震えてしまった。

心臓の高鳴りを意識しながらふだんどおりのロングTシャツをパジャマ代わりに着ると、再び深呼吸をしてから脱衣所を出た。

（あれ？　誰もいない。正樹くんは部屋だろうけど絵梨佳さんも？　もしかして気を遣ってくれたのかな？）

　これから処女を失う蒔菜の恥ずかしさ、できれば顔を合わせたくないという気持ちを察して、絵梨佳はリビングから三階の自室へと引きあげてくれているのかもしれない。美貌の女教師の優しさに内心感謝しつつ、蒔菜は一階への階段をおりた。

　階段をおりた左奥。正樹の使っている部屋のドアは開いていた。ドキドキと心臓がうるさいほどの鼓動音を立てている。一歩近づくたびに緊張で身体が強張りそうになる。必死にそれをなだめつつ、蒔菜は目的の部屋の前へと到着した。

　チラリと覗くと部屋を専有するクイーンサイズベッドの端に、瞑目《めいもく》している少年の姿を見つけた。

「ま、正樹、くん」

　小さな声で呼びかけると、ハッとしたように正樹の目が開かれこちらを見た。

「い、いらっしゃい。どうぞ、入って」

（あっ、なんだ、正樹くんも緊張してるんじゃない。よかった）

　すでに女教師と何度もセックスをしている少年。きっと余裕のある態度なのだろうと思っていたのだが、案に相違して声は上ずり、顔が少し強張っているのがわかる。

その様子に蒔菜は少しだけ身体の強張りがほぐれた気がした。

「うん、お邪魔します」

ベッドから立ちあがった正樹に頷き返し、蒔菜は部屋へと足を踏み入れた。すると いったんすれ違った少年が部屋のドアを閉めた。その瞬間、またしても心臓がドキンッと跳ねあがる。

「だ、大丈夫？　もし、あれだったら明日以降にズラしても」

「ううん、大丈夫。気づいていたと思うけど、ここ数日ずっと緊張してたの。だから、早く終わらせてって感じ。それにしてもこの部屋、ベッドの主張強すぎない」

目の前に立ち心配そうな顔を向けてきた少年に頷き返しつつ、蒔菜は大きなベッドを見てわざとらしく顔をしかめた。

「そうなんだよ。僕も今月の初めにこの部屋に案内されて驚いたもん」

正樹が肩をすくめるようにして苦笑してくる。

(でも、このベッドで正樹くんと絵梨佳さんはいっぱいエッチしたんだよね)

一週間前のことが思い出される。正樹と絵梨佳が本格的な妊活に入った日。三階の自室にいた蒔菜は、同じ屋根の下でいままさにセックスが行われている事実を意識してしまい、まったく眠ることができなかった。

「やっぱり、そうだったんだ。実は絵梨佳さんがそうじゃないかって言っていて、日付をまたぐことがないようにしようって話をしていたんだ」

笑い話のようにそれを口にしてしまうと、少年が思わぬ打ち明け話をしてきた。

(あぁ、それで二日目以降、絵梨佳さんは零時前後に三階に戻ってきていたんだ)

「ごめん、変な気を遣わせちゃってたんだね」

「そんなことないよ。初めての日は僕も翌日寝不足で大変だったから。もちろん、今日からだって蒔菜ちゃんに負担にならないようにするから」

「うん、全部、正樹くんに任せるから。私のこと、大人にして」

言った瞬間、顔面がカッと熱くなった。だが同時に、望んでいた処女喪失が近づいていることを意識し、子宮に鈍痛が走った。腰が小さく左右に震え、おろしたてのショーツの股布がほんのり湿り気を帯びたのがわかる。

(ヤダ、まだなにもされていないのに意識しただけであそこ、濡れちゃってる)

「あぁ、蒔菜ちゃん……。絶対、優しくするからね」

上気した顔を向けてきた少年の両手が、そっと肩に載せられた。それだけで背筋に電流が走る。潤んだ瞳で見つめ返すと、正樹の顔が近づいてきた。本能が瞳を閉じさせた次の瞬間、誰にも許したことのなかった唇が優しく奪われた。

「ンッ……」

　初めて覚える他人の粘膜の感触。そして、鼻腔をくすぐる同じボディソープの香りにふっと全身の力が抜けていく。

「蒔菜ちゃん、本当にいいんだね？」

「ええ、いいわ。お願い、何度も同じこと言わせないで。恥ずかしいから」

「ごめん。じゃあ、僕から脱ぐね」

　改めて確認してくる正樹に頷き返し潤みかけの瞳を向けると、少年は小さく頷きパジャマを脱ぎ捨て、黒いボクサーブリーフ一枚の姿となった。それにつられたように蒔菜もロングTシャツを脱いだ。お椀形の膨らみがぷるんっと揺れながら姿をあらわす。これで蒔菜もなめらかなシルクサテンの薄布一枚だ。

「蒔菜ちゃんの身体、いつ見てもほんと綺麗だ。それに、そのパンティ、いつもと全然違うね。なんか、すっごく大人っぽくて素敵だよ」

「あぁん、恥ずかしいから、そんなジロジロとは見ないで。やだ、正樹くんのそこ、もしかして大きくなってるの？」

　ショーツ一枚の姿はそれこそ毎日のように見られていた。しかし、閉めきった部屋で、それも大きなベッドを前にしての状態はいままでにない恥ずかしさを覚えてしまう。頬がさらに熱くなるのを感じつつ、蒔菜は少年の股間を守る下着が内側から突きあげられていることに気づいた。

「うん。だって、いまの蒔菜ちゃん、本当に色っぽいんだもん」

少しはにかみながら正樹はボクサーブリーフを脱ぎおろした。うなるように飛び出したペニスが下腹部を叩く勢いで飛び出してくる。張りつめた亀頭、笠を広げるカリ首、太い血管が浮きあがる肉竿は誇らしげに裏筋を見せつけている。

「あんッ、すっごい……。正樹くんの、ほんと大きい……」

(正樹くんの硬くしたのはもう見慣れたと思っていたけど、これからあれが私のあそこに入ってくるからかな、いつもよりさらに大きく見えるよ)

呼吸が荒くなってくるのを自覚しつつ、蒔菜は正樹のペニスから目を離すことができなかった。いきり立つ強張りに女子高生のオンナが敏感に反応していく。子宮に疼きが走るのはもちろん、未知なる快感を欲する肉洞が卑猥に蠕動《ぜんどう》しながらクロッチを濡らしていく。

「ま、蒔菜ちゃん……」

小さく唾を飲んだ少年がかすれた声をあげ、再び蒔菜の肩に両手を載せてくる。上気した顔で見つめ合うと正樹の顔が再び接近し二度目のキスを交わすこととなった。

蒔菜の鼻から甘いうめきが漏れた直後、少年の右手が肩から乳房へとすべりおりてきた。豊かに実った母親譲りの膨らみ。美沙のような迫力満点の砲弾状ではないが、美しいお椀形をしたEカップの肉房が優しく揉みあげられていく。

「ンむっ、ふぅん……」

(キスされながらオッパイ触られるのって、すっごいエッチだわ。どうしよう頭がちょっとクラクラしてきちゃう。あそこもジンジン痺れてるし、こんなの初めて)

妊活ハウスに来てから、絵梨佳を含めた三人で裸になり身体を触り合ってきた。最初の数日、蒔菜は触らせてもらうだけであったが、やがて胸だけは許すようになっていた。それだけに乳房への愛撫に対する戸惑いはないものの、同時に唇も奪われている状況が常にはない背徳感を醸しだし、女子高生の性感をくすぐってくる。

直後、今度は正樹の左手が背中側をすべりおり、ツンッと張り出したヒップをやんわりと撫でまわしてきた。同時に蒔菜の下腹部に天を衝く熱い屹立が密着してくる。

その瞬間、ズンッと重たい疼きが子宮を襲い、大量の淫蜜がショーツに滴った。

「ンむっ！　うぅん、はぁン、ま、正樹、くん」

「ごめん、急すぎた？」

少年の肩を押すようにして口づけを解いた蒔菜に、乳房とヒップから手を離した少年が火照った顔を向け性急さを詫びてきた。

「いや、そうじゃ、ないけど……」

淫欲の昂《たかぶ》りに怖くなったとは言えず、蒔菜は恥ずかしそうに視線をそらせた。

「ねえ、蒔菜ちゃん、イヤじゃなかったら、蒔菜ちゃんのあそこ、見せてくれないかな？　もしイヤなら断ってくれていいんだけど」

上気した顔で真剣な目を向けてくる少年に思わずクスッとしてしまった。

「変なこと、言ったかな？」

「変だよ。だって、私たちはこれから……」

「じゃあ、いいの？　ありがとう。あの、僕が脱がせるね」

「あっ、待って。それはさすがに恥ずかしいから、自分で……。できれば、少しだけ後ろ、向いていてくれるかな」

目の前にしゃがみこみそうになる正樹を慌てて止めた。ショーツの股布がぐっしょりしているのはその感覚でわかっている。そんなものを見られては、処女でありながら期待していると思われそうでさすがに恥ずかしかった。

「わ、わかった」

頷いた正樹がすぐにこちらに背中を見せてきた。それを確認してから蒔菜はピンクのショーツの縁に指を引っかけ、なめらかな布地を脱ぎおろした。クロッチから秘唇が離れた瞬間、チュッと小さな蜜音が耳朶をくすぐり、カッと全身が熱くなる。

(やだ、こんなに濡れてるなんて……。ショーツがこれってことは本体は……)

足首から抜き取った薄布、そのクロッチにはベットリと淫蜜が付着しており、秘唇の濡れ具合を想像するとそれだけで総身が震えてしまった。


「い、いいよ」

「あぁ、蒔菜ちゃんの裸、初めて全部見たけど、すっごく綺麗だ」

蒔菜の言葉で振り返った正樹はその抜群のプロポーションに陶然となった。

豊かな乳房や括れたウエストはいままでも見てきたが、下腹部をしっかりと見るのは初めてであった。それだけに楕円形の陰毛を見ただけで腰が震え、天を衝く強張りが小さく跳ねあがってしまう。

(蒔菜ちゃんの身体、本当に素敵だ。それに、あそこの毛の感じは美沙さんと同じで絵梨佳さんとは違うんだな)

初体験相手である蒔菜の母、美沙の陰毛も楕円形であったことを思い出すと、美人母娘、両方とエッチする機会を得た幸運を改めて嚙み締めた。

「本当に恥ずかしいから、そんな見ないでよ」

「ごめん、でも、本当に綺麗だよ。じゃあ、あの、ベッドの縁に座って、脚、開いてくれる？　そうしたら、僕が蒔菜ちゃんのあそこを」

「も、もしかして、舐めるの？」

羞恥に震える瞳を見開き、蒔菜が不安そうな顔を向けてきた。その儚《はかな》げな感じが妙に胸を締めつけてくる。

「うん。やっぱりしっかり濡らしておいたほうがいいと思うんだ。だから……」

「わ、わかった。正樹くんに全部、任せるって言ったんだし、お願い」

「ふぅ」と息をついた美少女が改めて覚悟を固めたように大きく頷くと、クイーンサイズベッドの端に浅く腰をおろし、おずおずとスラリとした脚を開いてくれた。正樹はすかさずその間に身体を入れしゃがみこんでいく。

「す、すごい……ゴクッ、これが蒔菜ちゃんの……。信じられないくらい、綺麗だ」

眼前に展開されている秘唇の美しさに正樹は息を呑んでしまった。

漏れ出した蜜液によってすでにそうとう潤んでいることがわかる淫裂は、卑猥さとは無縁な透き通るような美しさであった。そこが淫らな蜜壺であることを示すのは鼻腔をくすぐる甘酸っぱい牝臭のみであり、美沙や絵梨佳のような陰唇のはみ出しもなく、何人の侵入も許さないとばかりに固く口を閉ざしている。

「やだ、そんなジロジロ見ないでよ、ほんと死ぬほど恥ずかしいんだから」

脚を閉じようとはしなかったものの、腰が落ち着かない様子でモジモジと揺れていた。さらに、蒔菜の声は恥ずかしさをごまかすような不機嫌さが窺い知れる。

「でも、本当に綺麗だよ、蒔菜ちゃんのここ……」

声が自然と上ずってしまうのがわかる。心臓がその鼓動を速めるなか、正樹は両手でピチピチの内腿に両手をかけさらに左右に拡げると、美少女の淫唇に顔を近づけた。鼻腔を刺激する淫臭がさらに濃くなってくる。

「えっ、やだ、まさか、本当に」

蒔菜の声に戸惑いのトーンが強まり、腰がさらに不安げに揺れ動いている。それを無視するように正樹は甘い香りを漂わせるスリットに唇を密着させた。チュッ、チュパッと閉じ合わさる割れ目を舐めあげていく。

「あんッ！　まっ、正樹、くンッ……あぁ、嘘、舐められてる。私のあそこ、本当に男の子に、ンッ、うぅン……」

その瞬間、女子高生のヒップが一瞬ベッドから浮きあがり、美少女の両手が正樹の髪の毛をクシャッとしてきた。

チュパッ、チュチュッ、チュプッ……。蒔菜が悩ましく腰を左右にくねらせているのを感じつつ、正樹は優しく秘唇に舌を這わせつづけた。

(あぁ、甘い！　蒔菜ちゃんのここ、美沙さんはもちろん、絵梨佳さんのあそこよりも甘みが格段に強いよ。それに匂いも清楚感が強いというか、淫らさみたいなものはほとんど感じないなあ)

性体験の差か、はたまた熟れ具合の差かはわからないが、大人の女性である二人と比べて蒔菜の淫蜜は段違いにクセがなく、「処女のトロ蜜」という名のハチミツといった趣《おもむき》であった。その未知なる味わいにウットリしつつ、せっせと舐めあげていく。

「うぅン、はぁ、正樹くん、お願い。それ以上されたら、私、うンッ、変になっちゃうから……」

艶やかな喘ぎが漏れるのを懸命に抑えている様子の蒔菜の可愛さに、正樹の腰が震えてしまった。下腹部に張りつくペニスが小刻みな胴震いを起こし、鈴口からは解放を急《せ》かす先走りが断続的に滲み出していく。

(恥ずかしがっている蒔菜ちゃんの口から、もっとエッチな声が聞きたい。もっと身体を弛緩させてあげれば、挿入したときの痛みが少なくなるかもしれないし、だったらこのまま一度、口だけで……)

射精感の上昇を覚えながらも、正樹はこのままクンニで女子高生を絶頂に押しあげてしまおうと舌先の動きを速めていった。

チュッ、チュパッ、クチュッ……。可憐な淫裂を嬲るチュパ音が大きくなり、舌先に感じる蜜液の量が増してくる。その魅惑の甘露に陶然となりながら嚥下《えんげ》していく。

「あんッ、ダメ、うんっ、はぁン、あっ、あぅん、はぁ、正樹くんの意地悪」

ピクピクッと腰を小さく痙攣させながる蒔菜が甘いうめきをあげ、ポカポカと可愛く正樹の頭を叩いてくる。

(感じてくれてる。蒔菜ちゃんを、経験のない女の子をちゃんと気持ちよくしてあげられてる。だったら今度は美沙さんや絵梨佳さんが感じてくれたところを……)

思いきり叩かれているわけではないためほぼ痛みはなく、初めてのことで戸惑っている蒔菜の可愛さのあらわれと感じた正樹は、舌先を閉じ合わされたスリットの合わせ目へと向かわせた。すると、舌先にかすかな突起が感じられた。

「ヒャンッ！　あぅっ、ら、らメッ、そ、そこは、あっ、正樹、うンッ……」

その瞬間、蒔菜の腰が盛大に跳ね、ヒップがベッドから浮きあがったのがわかる。美少女の声は裏返り、呼吸音が一気に乱れてきていた。

(やっぱりだ。蒔菜ちゃんもここが、クリトリスが感じるポイントなんだ。それにし

ても、美沙さんや絵梨佳さんよりも小さい感じだな）

女子高生の鋭敏な反応に気をよくした正樹は、包皮から先端しか頭を出していない小さな淫突起を優しく舌先で転がしていった。

「やだ、そこばっかりされたら、私、あんッ、いや、イッちゃう、ダメなの、ねッ、まっ、正、きッ……あっ、あぁぁぁぁぁぁ……」

それは突然のことであった。包皮からかすかに露出していたポッチに少し強めの刺激を送ったとたん、蒔菜の口から甲高い喘ぎが迸りメリハリの効いた肉体を激しく痙攣させるとバタリとベッドに倒れこんでしまった。直後、透明感溢れる秘唇からビュッと勢いよく淫蜜が噴き出し正樹の顎を濡らしてくる。

「ンはぁ、あぁ、ま、蒔菜、ちゃん……」

美少女の股間から顔をあげ右手の甲で口元を拭った正樹は、甘い蜜液に酔ってしまった頭を軽く振りながらゆっくりと立ちあがった。改めてベッドに視線を向けると、そこには全身を弛緩させた美少女がしどけなくあおむけに横たわっていた。

可憐な美少女が快楽に溺れたさまに、背筋がぶるぶるっと震えた。同時に、置いてきぼりを食らっているペニスが忘れてもらっては困るとばかりに胴震いを繰り返し、垂れ落ちた先走りがいまや陰嚢付近までもうっすら濡らしてしまっている。

(私、イカされちゃったんだ。初めてなのにお口だけで……)

処女の身でありながら淫唇を舐められただけで絶頂に達してしまったことに、莳菜は羞恥にもんどり打ちたくなった。

「大丈夫、莳菜ちゃん」

「うん。でも、酷いよ、あれ以上はやめてって言ったのに」

心配そうに顔を覗きこんできた正樹に潤んだ瞳を向け、すねたように唇を尖らせた。

「ごめんね、でも、このほうが全身の力が抜けていいと思って」

(それはまあそうかもしれないけど……。あっ! すっごい。正樹くんのあんなに大きくなっていつもより黒ずんでるような……。それだけ我慢してくれてるんだ)

頭では少年の言い訳を理解しつつも、やはり絶頂を迎えた姿を見られた羞恥は消えず、ぷいっと視線をそらせた莳菜は次の瞬間、ハッとさせられた。

視線を向けた先にあったのは正樹の股間であった。下腹部に貼りつきそうな勢いで肉槍は、ふだん触らせてもらっているペニスよりも一回り大きくなった印象があり、パッパッに張った亀頭も赤黒くなっている感じだ。それはまるで、正樹が射精を我慢して自分に奉仕してくれた証《あかし》のように思える。

「だったら、そのいい感じに力が抜けているいま、正樹くんの苦しそうにしているそれで私をオンナにして」

言った瞬間、破瓜《はか》を意識したことで心臓が一気に鼓動を速めてきた。

「無理しなくても、少し休憩してからでもいいんだよ」

「ううん、大丈夫。それにこういうのは勢いも大事だと思うから」

冷静になる時間ができてしまうと、恐怖が先に立ってしまうかもしれない。そんな思いが蒔菜を大胆にさせた。気だるげな様子で上体を起こすと尻をついた状態で後退し両脚もベッドへと引きあげ、枕に頭を乗せるかたちで再びあおむけになった。

「本当にいいんだね、蒔菜ちゃん」

正樹もベッドへとあがってくると、蒔菜の足もとで膝立ちとなった。

「うん、いいよ。どうすればいい？　脚、開けばいいの？」

「うん、恥ずかしいかもしれないけど、膝を立てるようにしてM字型に開いてくれれば僕がそこに入って、それで……」

恥じらいながらも問いかけた蒔菜に、上気した顔の正樹が頷いてくる。それに応えるようにおずおずと膝を立てると両脚を左右に開いていった。

（あぁ、また、見られちゃう。それに今度は舐められるんじゃなくて、あの硬くなったのがナカに……）

チラリと視線を向けた先には、誇らしげに裏筋を見せつける強張りがあった。それが間もなく肉洞を割ってくるのかと思うと、緊張と恐怖が湧きあがってくる。

「綺麗だよ、莳菜ちゃんのここ、ほんと、信じられないくらいに綺麗だ」

賞賛の言葉を投げかけながら、少年は右手でペニスを握りゆっくりとにじり寄ってきた。正樹の膝が裏腿に当たり、さらに大きく脚が広げられていく。その瞬間、スリットがかすかに口を開けたのか、チュッと小さな蜜音が起こり秘唇が空気に撫でつけられる感覚が襲った。

「や、優しくだよ。ある程度痛いのは覚悟してるけど、でも、できるだけ優しく」

発した声は自分のものだとは思えないほどひび割れ震えていた。破瓜の到来を間近に感じた心臓が驚くほどの速さでビートを刻み、自然と呼吸が荒くなっていく。

「わかってる。できるだけ優しくするから。大丈夫、僕を信じて、力、抜いて」

正樹も緊張しているのだろう、その声がいつになく上ずっていた。すこし引き攣ったような笑みで頷きかけ、さらに腰を進めてくる。パツパツに張りつめ赤黒くなった亀頭を無垢な秘唇に向けてきた。そしてさらに近づいてくる。

心臓が口から飛び出しそうな緊張にさいなまれつつ、蒔菜はそのときを待った。とてもではないがそちらに視線を向ける勇気はなく、不安げな視線が左右に揺れ動く。その直後、ヂュッと卑猥な接触音とともに性器同士が触れ合った。

「あっ！」

それだけでビクッと身体が跳ねあがってしまう。

「力、抜いて」

優しく囁きながら正樹が膣口を探るように亀頭でスリットを撫でつけてきた。それだけでゾワッとした震えが背筋を駆けあがっていく。

「あんッ、正樹、くん……」

「ごめん、もうすぐだから、すぐに入口を探しッ、あっ！」

「あんッ！」

粘膜同士がこすれ合うことで発する愉悦に戸惑いの声をあげると、正樹も少し焦ったような声で返してきた。刹那、ンヂュッと音を立て亀頭先端が少しだけ肉洞を割りこんできた。ついに膣口を探り当てたらしい。閉じ合わされた秘唇が圧《お》し開かれる感触に、蒔菜も腰をビクッとさせてしまう。

「いい、蒔菜ちゃん、ゆっくり、イクよ」

かすれ声の少年がゆっくりと腰を突き出してきた。ンチュッと粘つく音をともなって張りつめた亀頭が蜜壺を割り開かんとしてくる。

「ンはっ、ンッ、はっ、あぁ、イ、痛い……」

メリメリという音が聞こえるかのようだった。いままで何人の侵入も許してこなった鉄壁の守りが崩されていく。硬直がゆっくりと圧し入ってくるたびに徐々に広がっていく痛み。蒔菜は思わず顔をしかめてしまった。

「ごめん、一度、抜こうか」

「ダメ、つづけて。ねえ、ゆっくりじゃなくて思いきり、来て。そのほうが痛いのは最初だけで早く楽になるような気がするから」

(いま中断されたって次はまた……。だったらこのまま……)

仕切り直しを提案してきた少年に、蒔菜はうっすらと涙が浮かんだ瞳で見つめ返し首を左右に振った。

「わっ、わかった。じゃあ、一気にイクよ」

ふっと息をついた少年の腰が少しだけ引かれた直後、ズンッと勢いよく突き出された。するといきり立つ肉槍が一気に膣奥まで侵攻してくる。

「ンがッ！　あぅ、はっ、くッ、あっ、あぁぁぁぁぁぁぁッ！」

プチッと処女膜が完全に破られ、清らかな柔襞が張りつめた亀頭とカリ首に陵辱されていく。両目が見開かれ、全身が半分に引き裂かれるのではないかという強烈な痛みが脳を激しく揺さぶる。背中から腰にかけて大きくのけぞり、口からは声にならないうめきが迸った。

「くはぅ、あぁ、す、すっごい……こんな狭くて、キツキツなの初めてだ」

正樹の苦しげな声がかすかに耳に届くも、反応する余裕はまったくなかった。

「痛い！　ンッ、ヤダ、これ、信じられないくらいに痛いの」

自然と両目からは涙が溢れ出し、イヤイヤをするように顔を左右に振っていく。痛みの衝撃で断続的な痙攣に見まわれていた。そんな蒔菜を放っておけなかったのだろう。ペニスを根元まで肉洞に圧しこんだ少年が覆い被さるようにしてきた。お椀形の乳房がグニョリと押し潰される。それがかすかな愉悦として背筋をくすぐった。

「大丈夫、大丈夫だから、ねっ、蒔菜ちゃん、落ち着いて」

耳元で囁かれる優しい言葉に、蒔菜の乱れていた呼吸が少しずつ平静を取り戻しはじめた。

「はぁ、あぁ、すっごい、異物感がとんでもないよ」

肉洞をパンパンに満たす初めてのペニスの存在感に圧倒されながら、蒔菜は両手を少年の背中にまわしギュッとしがみつくように力をこめた。

（これで私、処女じゃなくなったんだ。大人の女に……。まだすっごく違和感があるけど、でも、これでようやく……）

膣内を覆う痛みはあるが、友人たちの大部分が経験済みである話を聞かされて以降、ずっと感じていた引け目のようなものからは解放された安心感も確かにあった。

「蒔菜ちゃんの膣中、すっごくキツキツで僕のが押し潰されちゃいそうだよ」

「私のほうがよっぽどだよ。だって、正樹くんの大きいので膣中から身体が裂けちゃいそうだもん」

「それは、僕のが大きいと言うより、蒔菜ちゃんのここが狭くてキツいからだよ」

そう言うと正樹が小さく腰を上下させてきた。とたんにヂュッ、クチュッと卑猥な摩擦音が起こり、刺激に慣れていない膣襞が小刻みにこすりあげられていく。膣内に感じる強張りがピクピクッと悦びの胴震いをしているのがわかる。ゾクリとした愉悦と鈍痛が同時に女子高生の下腹部を襲ってきた。

「あんッ、ダメ、まだ動かさないで。硬いのでこすられるとジンジンしちゃうの」

「わかった、できるだけ我慢するけど、僕、限界近いよ。蒔菜ちゃんの膣中、まったく動かなくてもヒダヒダが絡みついてきて、僕のを刺激してるんだからね」

正樹が少しだけ上半身を起こしあげた。潰れていた双乳がふっと軽くなり、見事な膨らみ具合を取り戻していく。その状態で少年が悦楽に上気した顔で見つめてくる。そのどこか切なそうな顔に、蒔菜の胸がキュンッとしてしまった。

(そうだよね、正樹くんさっきからずっと我慢してくれてたんだもん。今度は私が少し我慢する番かも。膣奥に、子宮にいっぱい白いの出してもらわないと)

「だったら、いいよ、動いて。でも、激しくはしないでね。優しく、だよ」

「ありがとう。強かったら言ってね。緩めるから」

小さく頷いた正樹がゆっくりと腰を前後させはじめた。グチョッ、ズチュッと初めての性交音を立てながら、いきり立つ強張りが狭い肉洞内を往復していく。

「あんッ、ンぅ、はぁ……」

張り出した亀頭でズリ、ズリッと柔襞をしごかれると、それだけで痺れるような愉悦が背筋を駆けあがっていった。

「大丈夫、蒔菜ちゃん？」

「うん、平気。まだちょっと痛いけど、でも、腰が変に浮いちゃいそうな気持ちよさもあるから、いいよ、つづけて。私の膣中でいっぱい気持ちよくなって」

胎内から発生する初めての快楽にまだ恐怖はあるが、蒔菜は健気《けなげ》に頷き返した。

「なってるよ。すでに、蒔菜ちゃんのここでしっかりと、はぁ、本当に気持ちいい」

蒔菜のことを気遣いながらも、正樹は腰を振りつづけていた。粘つく淫音とともにペニスが狭い膣道内のこなれていない柔襞でこすられると、快感が脳天に突き抜け、射精感が急速に接近してくる。

「本当に？　だったらすっごい嬉しいよ、あんッ、はぁ、ヤダ、また腰、浮いちゃいそうになる」

涙と愉悦に潤んだ瞳で微笑まれると、それだけで背筋がゾクゾクッとする。

(美沙さんや絵梨佳さんは大人だったから向こうが優しくリードしてくれたけど、初めての蒔菜ちゃんに対しては僕がちゃんとしてあげないといけないんだ)

「それは蒔菜ちゃんも気持ちよくなっている証拠だから、だから、身体の反応に正直に従って大丈夫だよ」

迫《せ》りあがる射精感と懸命に戦いながら、正樹は余裕ある口ぶりで大きく頷いた。ペニスで蜜壺を抉《えぐ》りこみつつ、右手を美少女の左乳房に重ね合わせると、そのとんでもなく弾力豊かな肉房を優しく揉みあげていった。

「あぁ、正樹くん、いいよ。オッパイ、触られると、私も……。ねぇ、出して。私の膣奥にも、白いのいっぱいちょうだい」

「おぉぉ、蒔菜ちゃん……」

美少女の口から発せられた膣内射精のお願いに、性感が一気に煽られた。強張りが大きく跳ねあがり、さらにその体積を増すと同時に、欲望のエキスが限界を訴えるようにとぐろを巻きながら上昇してきているのがわかる。

「あんッ、すっごい、正樹くんの、また、大きく……うぅん、ダメだよ、そんな大きくされたら、私のあそこ、本当に裂けちゃうぅぅ」

「ごめん、蒔菜ちゃん、僕、本当にもう……。ああ、少し強くさせてもらうよ」

断りを入れてから、正樹は腰の動きを速めた。粘つく摩擦音が大きくなり、こなれていない柔襞にいっそう強く肉槍がこすりあげられていく。張り裂けそうな亀頭がググッと膨張し、爆発の瞬間を待ち侘びる。

「はンッ、ダメ、強い、そんな、あんッ、あぁ、くッ、ま、正樹、くん……」

「あぁ、出る、蒔菜ちゃんの膣奥に、子宮に、ぐっ、出ッるっぅぅぅぅぅッ！」

ビクッと身体を震わせ再びしがみついてきた蒔菜に気をまわす余裕もないまま、正樹はラストスパートの律動を繰り出していた。刹那、頭が真っ白となり我慢を重ねてきたペニスがついに弾けた。

「あんッ、来てる、膣中に熱いのが……。本当に膣中に出されちゃってるぅ」

「おぉぉ、すっごい。襞が、蒔菜ちゃんのあそこがウネウネして、搾り取られるぅ」

(す、すごい。この搾り取ってくる感覚、美沙さんと似ているかも)

ズビュッ、ドピュッと迸り出る白濁液を迎え入れる肉洞。その柔襞が初めて味わう精液に酔わされたかのようにその締めつけと絞りこみを強めてきていた。そのため正樹の腰が断続的に痙攣を起こし、美少女の子宮に欲望のエキスを叩きつけていく。

「はぁン、まだ出るの？　こんなにいっぱい、お腹の中ポカポカしちゃってるよ」

「ごめん、でも、蒔菜ちゃんのここ、本当にすっごく気持ちよくって。大丈夫？」

「うん、平気、最初はビックリしたけど、いまは……。本当に赤ちゃん、できちゃうかも。ありがとう、正樹くん」

絶頂には達しなかったらしいが、悩ましく上気した顔で微笑んでくる美少女に胸がまたしてもキュンッとしてしまった。

「こっちこそ、ありがとう。大切な初めてをくれて」

射精直後の恍惚感に浸りながら正樹は素直な礼を口にすると、蒔菜の唇に優しいキスを見まっていくのであった。

第四章　膣奥に放たれた特濃ミルク

1

顔面から血の気が引く思いの正樹がチラリと右隣に視線を向けると、部屋着のワンピース姿の蒔菜の顔は蒼白となっていた。

（無理ないよな。あと一日早ければ……）

六月最後の水曜日、時刻は午後七時半すぎ。正樹は妊活ハウス二階のダイニングテーブルで訪ねてきた堂島律子の話を蒔菜、絵梨佳の二人とともに聞いていた。四人用のダイニングセット、通常は二対二で向かい合わせだがいまは椅子を一脚移動させ、律子の対面に正樹を真ん中として三人が並んで座る体勢となっている。

いたたまれない思いを抱きつつ、今度は左隣に視線を向けると美人教師は非常に複雑そうな顔をしていた。だが、その中に蒔菜に対する同情があるのは明らかだ。

（まさか、マッチングミスって……。そんなことってあるのかよ。今回のプロジェクトの肝《きも》じゃないのか、そこって）

律子が訪れた理由。それは正樹と蒔菜のマッチング率に間違いがあり、女子高生の真の相手が正樹ではなかったという話をするためだった。それはデータの確認作業中に発見されたらしく、ほかにも複数のマッチングミスが発覚したらしい。なぜそのような重大ミスが起きたのかは確認中であり、取り急ぎ事情説明のために来たようだ。

「本当に大変申し訳ございませんでした」

沈痛な面持ちの律子が深く頭をさげてくる。だが、肝心の蒔菜は心がどこかへ行ってしまったかのように茫然自失の体であった。

「謝ってすむ話ではないと思いますけど」

唯一の成人であり教師でもある絵梨佳が、固い声で非難の声をあげた。

「もちろんです。ケアと保証については万全を期すことをお約束いたします」

「あっ、あの、私と正樹、桑沢くんだと子供ができないってことですか？」

それまで沈黙を貫いていた蒔菜が、震えた声で律子に問いかけた。

「申し訳ありませんがそこについても分析中です。いま申しあげられることは、桑沢さんが『最善の相手』ではなかったということです」

「それって、私がチェンジ権を使って教え子である彼とマッチングされたレベルの話なのかしら。最善ではないが次善ではある、と」

律子の答えに今度は絵梨佳が問いかけた。その答えによっては「悲観しすぎる必要はない」と伝える、いわば「祈り」に似た質問だったのかもしれない。

「申し訳ありません。それについても分析待ちになります」

律子が申し訳なさそうに頭をさげてきた。その姿は、予断を与え得ることは言わない、揚げ足取りはさせない、という姿勢が如実にあらわれているように思えた。

「はぁ、そうですか。それで、蒔菜ちゃんは今後どうなるんですか？」

正樹と同じ感慨を覚えたのか、絵梨佳が大きく溜息をつき最も重要なことを、蒔菜の今後について尋ねた。

「とりあえずいったんご自宅にお戻りいただいて、明日以降、カウンセリングなどを受けていただくことになるかと思います」

いまの状況で同居継続は誰が見ても得策ではないと思えるだけに、おそらくそれが最も無難な選択だろう。

「責任を持ってご自宅までお送りいたしますのでご安心ください」

一部の荷物をまとめ自宅に戻ることとなった蒔菜を玄関まで見送りに出ると、律子がそう言って頭をさげてきた。

「よろしくお願いします」

そう言って頭をさげた絵梨佳の隣で、正樹も深く頭を垂れた。

「とんでもないことになったわね」

二人になり再びリビングに戻ると、絵梨佳がやるせない感じで話しかけてきた。

「そうですね、まさかマッチングミスなんて……。『予断を排したＡＩ判定』じゃなかったんですかね」

「マッチングＡＩがどんなプログラムなのか知らないけど、使うデータに入力ミスがあればすべて台無しよ。原因なんてきっとそんなところじゃないかしら」

「かもしれませんね」

最もありそうな原因を推理した女教師に、正樹も苦笑を浮かべつつ頷いた。

(でも、それでこんな重大なミスをされたんじゃ、たまったもんじゃないよな)

「ふぅ、まあ、ここで私たちが無責任なこと言っても仕方ないし、蒔菜ちゃんが戻ってくるのを信じて待ちましょう」

「そうですね。とりあえず僕は明日からの期末試験の勉強でもします」

「それがいいわ。エッチに夢中になって成績が落ちたなんて洒落《しゃれ》にならないわよ」

とてもではないがエッチなことをする気分にはなれなかった正樹の言葉に、絵梨佳が悪戯っぽい微笑みを浮かべからかってきた。

「わかってます。少なくとも先生の日本史だけはさげないように頑張りますよ」

「ふふっ、ほかの教科もよ。もし成績が落ちたら、勉強時間確保のためにエッチの回数を減らすっていうのはどう？」

「えぇぇぇ、なんでですか。それに、回数減らしたら赤ちゃんできる確率も減っちゃうかもしれないじゃないですか。それって一番困るの絵梨佳さんでしょう」

美人教師の提案にあからさまな不満を見せつつ、正樹は意地悪に返していった。

「ふ〜ん、それって、私を妊娠させるのは諦めるってことかしら？　この身体、ほかの男のモノになってもいいのね。『僕が絶対に守ります』とか格好つけたクセに」

律子が訪れたのは絵梨佳の帰宅直後だったため、女教師は白いブラウスに紺のタイトスカート姿であった。その姿で身体を撫でつけ試すような視線を送ってくる。

「うっ！　そ、それは……。わかりましたよ、絶対に成績、落とさないように勉強、頑張りますよ。絵梨佳さんをほかの男になんか盗られたくないですからね」

「期待してるわ。じゃあ、テストが終わったら、いっぱいエッチしようか。生理前だから妊娠しない時期だけど、妊活に関係のない、恋人エッチ、楽しみましょう」

「約束ですからね」

「ええ、約束よ。チュッ」

お互い暗くなりがちな気分を変えようとくだらないことを言い合い、最後は絵梨佳から優しいキスをもらってから、それぞれの部屋へと戻った。

2

妊活ハウスへ引っ越してから一カ月が経過した頃、美少女の処女を奪ったちょうど一週間後のことであった。怒濤《どとう》の期末試験の全日程を終え妊活ハウスのリビングでドラマの再放送をボーッと眺めていたとき、スマホに着信があった。

テレビからそちらに視線を向けた正樹は、美沙からの電話であることがわかると慌てて画面をスライドさせた。

「はい」

「あっ、正樹くん。蒔菜の母ですけど、久しぶり。いま大丈夫かしら？」

「こんにちは。ご無沙汰しています。はい、大丈夫です。今日、期末が終わってテレビ見ていただけなんで。あの、それより莳菜さんのことは本当に申し訳ありません」

「あら、正樹くんが謝らなくてはいけないこと、なにもないはずよ。だから、そのことは気にする必要ないのよ」

「はい、すみません」

処女を奪ってしまったことに罪悪感を覚えていた正樹に、美沙からは逆に気遣いの言葉をかけられてしまった。

「うふっ、それにしてもテスト、もう終わったなんて早いのね。莳菜の学校は明後日からよ。それで、その莳菜の件なんだけど、聞いているかしら？」

「えっ、あっ、はい、いちおう昨日、堂島さんが説明に来られました」

前日の夜、再びやってきた律子によってマッチングミスの原因が判明していた。それは絵梨佳の予想どおりのデータ誤入力という初歩的なミスであり、チェック体制の不備であった。それらを修正したあとの再マッチングで、莳菜にとって正樹は十四番目に相性がいい相手、という結果が出たということであった。

「なら、話が早いわ。どうやら莳菜、あなたとの妊活を継続するつもりみたいよ」

「そ、そうなんですか？　ありがとうございます」

美少女が再び自分を相手と認めてくれたことが嬉しく、自然と声が明るくなる。

「そちらに再合流するのは来週、蒔菜の学校の期末テストが終わってからになると思うけど、ちょっとその前に会えないかと思って」

「僕、ですか？　それは、かまいませんけど」

「テストが終わってるってことは、もう試験休み？」

「はい、明日から終業式までは休みです。赤点がなければ、ですけど」

「じゃあ、早速明日ってこちらに来てもらうこと、できるかしら？　できれば蒔菜が学校から戻ってくる前がいいんだけど」

「わかりました。何時くらいにお伺《うかが》いすればよろしいでしょうか」

なんの話かはわからないが、女子高生が同居再開を決意している以上、さして悪い話ではないだろう。

「じゃあ、十一時くらいでどうかしら？　お昼、用意しておくから」

「承知しました。では明日の午前十一時にお伺いします」

初体験相手の熟女との再会に心を浮き立たせながら、正樹は電話を切った。

3

（マンションというか高級ホテルみたいだよな。このカーペットなんてフカフカでなんか落ち着かない気分になっちゃうよ）

十時五十分すぎ、蒔菜の自宅である都心部に建つ三十階建てのタワーマンションへとやってきた正樹は、二十七階の内廊下を緊張の面持《おも》ちで歩いていた。そのまま田所家の部屋の前まで移動しドアホンを押すと、すぐに玄関ドアが開けられた。

「いらっしゃい。ごめんなさいね、急に。さあ、入って」

「とんでもないです。お邪魔します」

出迎えてくれた美沙の姿を見た瞬間、正樹の胸がキュンッと締めつけられた。心臓が高鳴るのを感じつつ、ペコリと頭をさげ家の中へと入る。

（美沙さん、やっぱりすっごく綺麗で色っぽいなあ）

久しぶりに熟女の姿を見た正樹は、ロングTシャツにグレーのスッパッツというラフな格好をしている美沙にウットリとしてしまった。ゆったりめのTシャツながら胸元は誇らしげに突き出し、豊かで柔らかな膨らみを思い出させるには充分であった。そのためベージュのチノパン下で淫茎が震え、早くも鎌首をもたげそうになる。

「さあ、遠慮しないであがってちょうだい」

「あっ、はい、お邪魔します」

玄関内で立ち尽くしてしまった正樹に美沙が改めて声をかけてきた。それによって現実に引き戻された正樹は再び頭をさげると靴を脱ぎ、出されたスリッパを突っかけて導かれるまま田所家のリビングへと足を踏み入れた。

妊活ハウスよりも広い、二十畳以上はありそうなＬＤＫは大きな窓から差しこむ日差しもあって眩しいほどであった。

「お昼にはまだ早いだろうから、とりあえず、これね」

案内されたダイニングの椅子に座ると、美沙が香りの紅茶を供してくれた。

「ありがとうございます。あの、昨日聞きそびれちゃったんですけど、蒔菜ちゃんの様子はどうですか？」

初体験相手である美沙と二人きりの状況になんともいえない緊張を覚えながら、蒔菜のことを尋ねた。妊活継続を決意してくれたことから元気だとは思うが、それでも一時帰宅してからのことはなにも知らないのだ。

「戻ってきた直後はさすがに数日ふさぎこんでいたけど、いまはもうだいぶ落ち着いているわ。だからこそ、あの家に戻ろうって決めたんだろうし」

「そうですか、それならよかったです。ほんとすみませんでした。あと一日早くわかっていたら、蒔菜ちゃんは……」

「ダメよ、正樹くん、それは。昨日も言ったけど、あなたが気にすることはないのよ。それに蒔菜は初めての相手が正樹くんだったこと、後悔してないわよ。それどころか『よかった』って言っていたわ。だから、あなたが後悔を表に出さないで。今日はそれを直接伝えたくて来てもらったのよ」

処女を奪った後ろめたさを出しそうになった正樹に、美沙は強い口調で諭《さと》してきた。それは正樹を気遣ってであると同時に、娘を想う母心のように感じられる。

「はい、すみません。でも、母子でそんな話までするんですね」

まさか初体験の話まで娘としているとは思っていなかっただけに、正樹は単純な驚きをあらわにした。

「今回はさすがに放任主義の旦那も慌ててたし、私も心配だったから折を見て、ね。そうしたら、同居中の正樹くんの気遣いがいろいろ嬉しかったんですって。もう一人の綺麗な女性、真田先生だったかしら？　彼女の最初にマッチングされた相手の話を聞いて自分は恵まれてるって。だから『この人となら』って思ったみたいよ」

優しい微笑みを向けてくる美沙の艶っぽさに、正樹の背筋がゾクッとした。

「それならよかったです。実は昨日の夜、堂島さんからも電話があって蒔菜ちゃんが継続を決意したことを報《しら》されたんですけど、真田先生も喜んでいましたよ」

笑顔で返しつつも、美沙が夫のことを口に出したことで正樹の脳裏にはある思いが浮かびあがっていた。それは先月、初体験を経験させたもらったあとの人妻のことであり、夫とセックスすると告げられた件である。

「三人での生活を蒔菜も楽しんでるみたいだから、ミスが発端とはいえ、正樹くんや真田先生と縁ができたのは結果的によかったんだと思うわ。でも、正樹くんは本当にそれでよかった？　もし蒔菜が戻らなければ誰の邪魔もなく美人先生とずっと……」

熟女の顔にはどこか悪戯っぽい、試すような笑みが浮かんでいた。

「やめてくださいよ。先月の妊活が終わってから先生とは一度も……。それに、蒔菜ちゃんがこちらに戻ってからはエッチなこともいっさい、ないんですから」

「そうなの？」

「僕や先生にとっても蒔菜ちゃんの件はショックで、エッチな気分になれなかったというのもありますし、期末試験でそれどころじゃなかったですからね。特に先生は」

意外そうな顔となった美沙に、堂島とともに蒔菜が一時帰宅してからのことを苦笑混じりに答えていく。

「じゃあ、正樹くんは毎日、一人寂しく慰めてたのかな？」

蠱惑《こわく》の微笑みを浮かべる熟女の色気に、またしても背筋がゾクッとしてしまった。

「まあ、そうですね。み、美沙さんはどうなんですか？　やっぱり旦那さんと……」

美沙が作ってくれたチャンスとばかりに、紅茶で口を湿らせた正樹は気になっていたことを聞いた。


「えっ？」

正樹からの思わぬ反撃に美沙は一瞬、言葉に詰まった。

（正樹くんの質問の意図ってやっぱり、あれ、よね。先月この子の初めてを奪ったあと旦那とエッチしたのかっていう……）

正樹の童貞を奪った日はけっして安全日ではなかった。それどころか排卵期の只中であり、そのため「今日、明日のうちに主人に抱かれないと」ということを口走っていた。それを耳にし、興奮を新たにした少年にその後さらに濃厚は白濁液を子宮に注ぎこまれ、激しい絶頂を迎えてしまっていたのである。あのときの激しさと肉洞内で跳ねるたくましい肉槍の感触を思い出すと、いまでも秘唇が疼いてしまうほどだ。

「ですから、ぼ、僕とエッチしてくれたあと、美沙さんは旦那さんとも……」

問い直してきた少年の目がどこか切なそうなのを感じた瞬間、胸がキュッと締めつけられるような感覚にとらわれる。

(やっぱり、あの言葉を気にして……。でも、まさか私にそこまで執着していたなんて……。蒔菜はともかく、あの美人先生とはたくさんエッチしているでしょうに)

正樹にとって熟女が初めての相手であり、特別な思いを抱いているのかもしれないが、美貌の女教師と好きなだけセックスができるようになった現在でも美沙に対する執着を感じさせる言葉に、心がざわめいてしまう。

(やだわ。蒔菜の件で来てもらったのに、私、変な気分になってきちゃってる……)

「当たり前じゃない。あの日は本当に大丈夫な日ではなかったんだもの。そんな日にあんなにたくさん膣奥に出されたら万一が心配でしょう。だから……」

美沙は艶っぽい眼差しで正樹を見つめ返した。すると少年の喉がゴクッと音を立てたのがわかる。そのあからさまな興奮に人妻の子宮にも鈍い疼きが走ってしまった。

「あぁ、そんな……。い、いっぱい、出されたんですか」

悲しそうな顔となった正樹がすがるような眼差しで見つめてきた。その視線の儚さに美沙の腰は震え、「慰めてあげましょうよ」と柔襞が蠢《うごめ》きはじめてしまった。

「ええ、正樹くんに負けないくらい大量に……。ふふっ、正樹くんには感謝しないといけないわね、あんなに求められたの、久しぶりだったわ」

わざとらしく両手を頬にあて微笑んでみせる。しかし、蒔菜が妊活することをネタに夫に迫ったため、実際に抱かれたのは娘が妊活ハウスに戻ったあとであった。その頃には排卵期も終わっており、本当に〝万一の際の言い訳〟でしかなかった。

（それに本当はたった一回だから、正樹くんとのエッチでオンナの悦びを思い出した身体には物足りないなんてものじゃなかったんだけど、さすがに言えないわね）

「そっ、そう、ですか……」

自分から聞いてきたにもかかわらずそうとうにショックだったのか、正樹は溢れそうになる涙をこらえるように下唇を噛んでいた。その姿が熟女の母性を鷲掴《づか》みにすると同時に、衰え知らずの精力で満たされた感覚を思い出した肉体がオンナの淫欲を盛りあげてきてしまう。

（ダメよ、あれはただ一度の過《あやま》ち。またこの子とエッチしちゃったら私、戻れなくなっちゃう。でも、こんな顔されたら……）

妻や母としての理性と女の本能が美沙の中でせめぎ合っていた。

「そんな顔しないでちょうだい。あなただって私とのエッチのあと、あの美人先生といっぱいエッチしていたんでしょう？　子作りが目的なんだから、それこそ遠慮なくいっぱい出したんじゃないのかしら」

（やだわ、こんな聞き方、まるで嫉妬しているみたいじゃないの）

からかうような、それでいて少しすねた雰囲気も感じられる自身の声音に美沙は戸惑いを覚えた。だが、肉体は正直なもので再び少年に満たしてほしいとねだるように下腹部の疼きが急速に高まっていく。

「それは否定しませんけど、でも、美沙さんは僕にとって特別な人なんです。だからたとえ旦那さんが相手だとしても、なんか悔しくて……」

潤みがちの瞳でまっすぐに見つめてくる少年に、美沙の胸がまたしてもキュンッとしてしまった。いくら理性が不貞を咎めようが母性と淫性がそれを上回ってくる。

「しょうのない子ね。そんなに私と、こんなおばさんとエッチがしたいの？」

「み、美沙さん！　もちろんですよ。真田先生や蒔菜ちゃんと違って、結婚されている美沙さんと結ばれることが叶わないのは百も承知です。そもそも、蒔菜ちゃんと同い年の僕なんて美沙さんからすれば頼りない子供でしょうし……。でも、本当になんでもっと早く生まれなかったんだろうって思うくらい、僕は美沙さんのことが……」

顔を一気に上気させた正樹が、思いの丈をぶつけるように言葉を投げつけてくる。

その迫力に熟女は気圧《けお》されたように、椅子に座ったままの身を引いてしまった。

（まさか、そこまで本気なの？　ただの初体験相手としての執着ではなく、一人の女として私のことを……。ここまで言われたら、私だって覚悟を決めないと失礼よね）

長らく忘れていた魂を揺さぶられるような熱情がこみあげてくるのを感じた美沙は、リビングの壁にかけられている時計にチラリと視線を向けた。時刻は十一時半すぎ。蒔菜が学校から戻るまでにはまだ四時間以上あるのがわかる。

「お昼、食べる時間なくなっちゃうけど、いいわよね」

「み、美沙さん、それじゃあ……」

「あんな熱い告白されたら私だって変な気分になっちゃうわ。さあ、こっちよ」

熟女の言葉の意味を瞬時に理解したらしい正樹の両目が驚きに見開かれた。それに対して艶然と微笑み返した美沙は、少年を夫婦の寝室へといざなうのであった。

案内されたのはリビングから玄関へと戻る廊下の途中にある部屋であった。そこは十畳ほどの洋室で、部屋の中央にダブルベッドが置かれている。

（あのベッドで美沙さんは旦那さんと……）

妖艶な美貌にグラマラスな肢体をした熟女が夫に抱かれ、悶え、絶頂に達する場面を想像してしまった正樹の胸が一気に苦しくなった。

美人教師である絵梨佳のことを守りたい気持ちに嘘はない。なにがなんでも妊娠させて望まぬ結婚を阻止し、あの素晴らしい肉体を今後もずっと独り占めしていたい。

もちろん、処女を捧げてくれたばかりか、マッチングミスの相手である自分との妊活継続を選んでくれた蒔菜に対しても、大切にしたい思いは強い。

しかし、それらとはまったく別の、魂が離れがたくなっている相手が美沙なのだ。二十歳も上の人妻。相手にされないことは考えるまでもなく明らか。それがわかっていてなお、いままでに経験しことがないほど強く惹かれてしまうのである。

「もう、またなんて顔してるの？　ベッドを見て、変な想像しちゃった？」

クスッと微笑んだ美沙がすっと近づいてきた。ほっそりとしたなめらかな両手が頬を挟みこみ、そのままジッと目を見つめてくる。

「は、はい。そのベッドで美沙さんが旦那さ、ンッ！」

鼻腔をくすぐる白檀《びゃくだん》の甘い香りに背筋をゾクリとさせつつ切なげな目で見つめ返した正樹は、言葉の途中で両目を見開くこととなった。妖艶熟女によっていきなり唇が奪われてしまったのだ。とたんに目がトロンッとなり、身体が弛緩していく。

（そうだ、美沙さんはまた僕とのエッチを選んでくれたんだ。だったらいじけてる場

合じゃないよな)

憧れの女性と再びセックスができる喜びを思い出し、正樹は両手を美沙の背中にまわすとギュッと抱きしめた。グラマーな肉体の柔らかさがはっきりと伝わってくる。その熟れた肌の感触にペニスが一気に屹立し、グイ、グイッと圧しつけていく。

「ンむぅ、うぅン、はぁ、正樹、くん」

「あぁ、美沙さん、好きです。本当に僕、あなたのことを愛、ンッ」

愛の告白をしかけた正樹は、またしてもキスの妨害を受け遮られてしまった。

「ンむん、ダメよ、それ以上言っては。だから行動で、正樹くんのたくましいこれで、膣中からたっぷりと満たしてちょうだい」

「うはッ、あぁ、美沙、さンッ……。くぅう、わかりました。僕、精一杯……」

口づけを解いた人妻が、艶やかに潤んだ瞳で見つめながら右手を股間に這わせてきた。チノパンを盛りあげる強張《こわば》りを妖しい手つきで撫でまわしてくる。背筋を駆けあがる愉悦に自然と喜悦のうめきがこぼれ落ちていく。

「うふっ、期待しているわ。さあ、時間を無駄にはできないわよ」

「は、はい」

いつまでも抱きしめていたい思いを振り払い、正樹はいったん抱擁を解くと、着ていた服を脱いだ。白いポロシャツにチノパンに靴下。それらを脱ぎ捨てただけで早くもピンストライプのボクサーブリーフ一枚となってしまう。ブリーフの前面は誇らしげに盛りあがり、腰ゴム付近には漏れ出した先走りのシミが浮きあがっていた。

「あぁん、とっても素敵よ。待ってね、私もすぐに裸になるから」

かすかに頬を上気させた美沙がロングTシャツの裾をたくしあげ、脱ぎ去った。

「ごめんなさいね、こんな色気のない下着で。まさか、また正樹くんとこんなことすると思っていなかったから」

「そ、そんなこと、ないです。逆に素《す》の、ふだんの美沙さんとエッチができるって感じで、かえって興奮しちゃいます」

あらわとなったブラジャーに熟女が自嘲気味に言ってきたのに対し、正樹は激しく首を左右に振った。たわわな乳房を守るベージュのフルカップブラジャー。控えめにレースが散らされているシンプルな下着はいかにも普段用という感じであり、それがいっそうの背徳感をこみあげさせてくるのだ。その証拠にブリーフ内の強張りが切なそうに胴震いを起こし、先走りのシミを広げてしまっていた。

「うふっ、こんなオバサン下着を見てそんなこと言ってくれるのは正樹くんだけよ」

優しい微笑みを浮かべ、美沙がボリューム満点の双臀を左右に振るようにしてスパッツも脱ぎ落としていく。するとブラジャーに包まれた豊かな肉房もふるふると揺れ動き、それがなんともいえず色っぽかった。

「美沙さんの下着姿、本当に素敵です。その格好を見ているだけ僕、もうたまらない気分になっちゃいます。見てください。もう、こんなに……」

ブラジャー同様、豊かなヒップをすっぽり包みこむベージュのパンティは確かにオバサン下着ではあるが、魂から惹かれている特別な女性の下着姿だけに腰が小刻みに震え、早くも陰嚢が迫《せ》りあがってくる気配すらしていた。性感の昂《たかぶ》りに正樹はボクサーブリーフを一気に脱ぎおろし、下腹部に張りつきそうなペニスを見せつけた。

「すっごい。ほんとにたくましくて素敵よ。そんなの見せつけられたら私も……」

瞳を悩ましく細め陶然とした眼差しをペニスに送ってきた美沙が、両手を背中にまわしブラジャーを外した。タップタップと雄大に揺れながら砲弾状の熟乳があらわとなる。薄茶色の乳暈とその中心に鎮座する焦げ茶色の乳首を見ただけで肉竿が嬉しそうに跳ねあがっていく。

「す、すっごい、やっぱり美沙さんのオッパイが一番だ」

「待って。あとで好きなだけ触らせてあげるから、そんなに焦らないの」

たっぷりとした肉房の、指が沈みこむ柔らかさが思い出され本能的に手をのばしそうになった正樹に、美沙がやんわりとストップをかけてきた。そしてそのまま両手をパンティの縁へと引っかけ、最後の一枚も脱ぎおろした。ふわりと楕円形の陰毛が姿をあらわすと、芳しい媚臭までもが鼻腔をくすぐってくる感覚に襲われる。

「美沙さんの裸、本当にすっごく綺麗で色っぽいです。僕、もう我慢できませんよ」

お預け状態の正樹は右手でいきり立つペニスを握り、切なそうに腰をくねらせた。

「自分で触ってはダメよ、私がすぐに楽にしてあげるから。ねえ、舐め合いっこしてみない？　正樹くんがベッドにあおむけになってくれたら、私が上から……」

薄掛け布団をベッド脇に落とした美沙が、悩ましく潤んだ瞳で見つめてきた。

「は、はい、ぜひ。僕、美沙さんのあそこ、また舐めたいって思っていたんで嬉しいです。よろしくお願いします」

「ふふっ、ありがとう。私も正樹くんの熱くて硬いの、またお口で感じたいわ。さあ、ベッドにあがってちょうだい」

艶やかな微笑みを浮かべる人妻に促《うなが》され、ダブルベッドにあおむけとなる。すると美沙もすぐさまベッドへあがり、正樹の顔をまたぐように腰を落としこんできた。

「あぁ、美沙さんのあそこをまた見ることができるなんて、ほんと感激です」

（もしかして、少し濡れてる？　美沙さんも僕とのエッチ、少しは期待してくれてる

のかな。だったらなおさら、イッパイ気持ちよくなってもらわないと）

徐々に近づいてくる少し黒ずんだ薄褐色の秘唇。卑猥にはみ出したビラビラがうっすらと光沢を帯びているのがわかる。さらにぱっくりと口を開けた秘孔からはツンッと鼻の奥を刺激する牝臭が降り注いでいた。

「あぁん、恥ずかしいわ。若い子と違ってすっごく崩れちゃってるのに」

「そんなことないです。美沙さんのここはほんと、僕にとって特別なんですから」

ベッドに膝をついた美沙に反論しつつ、正樹は両手をのばしてムチムチの太腿を撫でまわしていった。柔らかく、しっとりと張りついてくる肌触りに恍惚感が増していく。開いた淫裂から覗く鮮紅色の膣襞の蠢きと、さらに濃くなった淫臭に腰がピクッと跳ねあがってしまう。張りつめた亀頭からは粘度を増した先走りが滲み、解放を急かすような胴震いを繰り返している。

「そんなこと言われたら、いっぱいサービスしてあげたくなっちゃうじゃないの」

小さく腰を左右に振った熟女がペニスに向かって上半身を倒してきた。下腹部に目を向けると、砲弾状の豊乳が重力に引かれさらに量感を増したのがわかる。ユッサユッサと悩ましく揺れながら正樹の腹部と密着すると、グニョリとたまらぬ柔らかさで押し潰れていった。

「おぉぉ、美沙さんのオッパイの柔らかさがダイレクトに……。あぁ、僕も頑張って美沙さんのこと、気持ちよくなってもらいますから」

太腿を撫でつけていた両手を豊臀へとのばし、柔らかくもミチッと詰まった肉感を味わいつつ、頭を少し持ちあげると目と鼻の先に近づいた淫裂に唇を密着させた。かすかなアンモニア臭の奥から、牡の本能を呼び覚ます独特なクセのある特製ブルーチーズ臭が鼻腔を突き抜け、脳を揺さぶってきた。

（あぁ、これだよ。美沙さんのちょっと酸っぱくて刺激臭も強めだけど、クセになっちゃうエッチジュース。蒔菜ちゃんはもちろん、絵梨佳さんでもまだこの味には届いてない、美沙さんだけの特別ジュース）

三十代後半の熟女ならではの熟成された大人の味わい。正樹はその淫蜜をジュルッとひとすすりすると、すぐさま舌先を突き出しスリットを舐めあげた。

「はンッ、正樹、くンッ。いいわ、とっても素敵よ。私もすぐにこれを……」

ピクッと腰を震わせた人妻の右手がいきり立つ強張りを握りこんできた。

「ンむっ、うぅぅ、チュパッ、チュパ……」

「硬いわ、それにすっごく熱い。あぁん、たくましいわ」

「くほッ、はぁ、ダメです、そんな優しくこすられたら、僕、すぐにでも……」

張りつめた亀頭に甘い吐息が吹きかかるだけでもくすぐったいのに、さらに妖しい手つきで肉竿をこすられてはクンニどころではなくなってしまった。

「あんッ、まだ、出さないで。出すのなら私のお口に……はぅッ」

「ンァっ、あぅ、あぁぁ、す、すっごい……。僕も負けませんよ」

突然、亀頭が柔らかな粘膜に包まれ、それが徐々に肉竿の中ほどまでおりてくる。逆さに重なり密着しているため、視覚情報がいっさい失われているなかで感じるペニスの異変。明らかに美沙の口腔内に迎え入れられたという実感が、激しく性感を揺さぶってきた。小刻みに腰が震え、肉槍にさらなる血液が送りこまれていく。突きあがる射精衝動を懸命に抑えこみ、正樹は再び目の前の秘唇へと挑みかかった。

チュッ、チュパッ、クチュッ……。ヌメヌメとした淫裂の生々しい感触を舌先に感じながらスリットを舐めあげ、溢れ出てくる淫蜜を嚥下していく。

「ンむっ、うぅん、むぅ……ヂュポッ、クチュッ、ヂュチュッ……」

美沙が切なそうに腰をくねらせ本格的に首を振りはじめた。粘つく淫音とともに痺れるような快感が背筋を駆けあがっていく。

(あぁ、ダメだ。美沙さんの唇で優しくこすられると、すぐにでも出ちゃいそうだ。くッ、絵梨佳さんにも口でしてもらう機会多いし、慣れてきたはずなのに……)

緩やかな、ペニスを慈《いつく》しむような優しい口唇愛撫。そのゆったりとした刺激がじんわりと染みこむような愉悦をもたらし、いっそうの射精感を煽り立ててくる。

(まだだ、まだだ、出すわけにはいかない。せっかく美沙さんがエッチさせてくれてるんだから、もっと美沙さんにも気持ちよくなってもらわないと……)

「むぅンッ、う〜ン……チュパッ、チュパッ、ンヂュッ、ジュルルッ……」

腰を狂おしげにくねらせながら射精感を必死にやりすごし、正樹は秘唇への愛撫に集中していった。ぬめるスリットを舐めあげ、さらには尖らせた舌先をグイッと肉洞に圧しこむと舌を細かく震わせて新たな刺激を与えつつ、溢れ出す淫蜜をすすりこんだ。クセのある濃厚な味わいに脳が酔わされ、クラッとしてしまう。さらに強まる性臭に目をしょぼつかせながらも、愛する熟女への奉仕をつづけていく。

「ンむっ、ぱぁ、はぁン、ダメよ、正樹くん、そんなことされたら、私、先に……」

「ンはぁ、イッてください。美沙さんが感じる姿、もっと見せて。ジュルッ……」

悩ましくヒップを揺らめかせる美沙に、正樹は秘唇の合わせ目で存在を誇示していた突起へと舌を這わせた。充血し、完全に包皮から顔を覗かせていたポッチをひと舐めすると、唇に挟みこんで尖らせた舌先で嬲《なぶ》りまわし、音を立てて吸いあげていく。

「あんッ、ダメよ、そこは、うぅん、はぁン、もう、いけない子なんだから。そんな悪い子にはお仕置きよ。はぅッ……チュパッ、ヂュチュッ、グチュッ……」

ビクンッと大きく身体を震わせた美沙が次の瞬間、ペニスをギュッと握りこんだ。

「うッ」といううめきが漏れたときには、強張りが再び人妻の朱唇に迎え入れられていた。そして間髪を入れず、熟女が首振りを見まってくる。

（くッ、美沙さんのフェラチオ、一気に激しく……。このままじゃ僕が先に……）

柔らかな唇粘膜で肉竿がこすられ、生温かな口腔内では張りつめた亀頭にぬめる舌先が絡みついてきていた。淫らに嬲られた肉槍には小刻みな痙攣が断続的に襲い、煮えたぎった欲望のエキスが射精口を開こうと体当たりを繰り返してきている。

「はぁ、ダメ、美沙さん、出る！　僕、もう……あっ、あぁぁぁぁッ！」

先に我慢の限界を超えた正樹が美沙の秘唇から唇を離した瞬間、腰に激しい痙攣が襲い、濃厚な白濁液が人妻の喉奥に向かって放たれた。

「ングっ、むぅ、うぅ……うンッ、コクッ……コクン……」

苦しげなうめきを漏らしつつ、それでも美沙はペニスを吐き出すことなく迸《ほとばし》る精液を受けとめ、嚥下《えんげ》してくれている。

「はぁ、ごめんなさい、美沙、さン……まだ、僕、まだ出ちゃいますぅ」

断続的に腰が突きあがり、精気そのものを打ちあげるかのようドビュッ、ズピュッと新たなエキスが噴きあがっていった。

4

「ンむっ、ふぅ……ゴクン……ンぱぁ……はぁ、はあ、あぁ……」

断続的に噴きあがる濃厚な白濁液をすべて飲み干すと、美沙はペニスを解放した。そして正樹の顔から腰を浮かせ、ベッドマットにペタンと尻をついて座った。

「す、すみません、美沙さん、僕だけ、先に……」

唇の周りを熟女の淫蜜でべったりと濡らした正樹が、上気した顔をこちらに向けてきた。その瞳の蕩け具合から、少年が大変な絶頂感を味わったことが伝わってくる。

(あぁん、羨ましいわ。私ももう少しで……)

クリトリスを刺激された瞬間、突き抜ける快感が全身を震わせていた。あとひと押しで絶頂に達することができそうな段階で先に正樹が射精に達してしまったため、美沙の下腹部は切ない感覚がくすぶりつづけていたのだ。

「いいのよ、そんなこと。ふふっ、久しぶりに正樹くんの濃いのを味わえて私も嬉しいわ。まだ私のここに引っかかっている感じがするくらいよ」

美沙はそう言うと右手で喉を撫でつけてみせた。実際、コッテリとした精液がいまだ食道近辺に張りついている感覚が残っている。

「あぁ、美沙さん……」

「それに、正樹くんだっていまのだけじゃ満足できてないんでしょう」

ウットリとした眼差しで見つめてくる少年に艶然と微笑みかけ、美沙は正樹の股間に視線を向けた。熟女の唾液と少年の粘液でネットリとした光沢を放つそこは、射精直後にもかかわらずいまだ衰え知らずな様子で誇らしげにそそり立っている。

（ほんとにすごいわ、出したばかりでこんなに……。あの人なんて一度出したら終わりなのに、こんな立てつづけにできるなんて……。それだけ私のことを欲《ほっ》してくれているのかしら？　だとしたら、それには応えたいわ。あぁん、私、どうしようもなくエッチになってる。ここで、夫婦の寝室のベッドで高校生の男の子とまた……）

たくましい屹立を目にすると、人妻の子宮にはズンッと重たい疼きが走り、置いてきぼりを食らった柔襞が早く気持ちよくしてほしいという蠕動《ぜんどう》を繰り返した。押し出された淫蜜が卑猥にパクつく秘唇からこぼれ落ち、シーツを濡らしていくのがわかる。同時にふだん、夫と眠っているベッドで少年に抱かれる背徳を強く感じてしまう。

「そ、それは……はい。僕、美沙さんが相手してくれるなら何度だって……」

少し恥ずかしそうな表情を浮かべ頷き返してきた正樹が、ゆっくりと上半身を起こしてきた。その動きはどこか緩慢であり、いまだ射精の脱力から抜け出していないことが窺《うかが》える。

「いいのよ、そのまま横になっていて。まずはこの前みたいに私が、ねッ」

少年を押しとどめ再び横たわらせた美沙が、膝立ち体勢でその腰をまたいだ。

「す、すみません。なんか、まだ腰に上手《うま》く力、入らないみたいで」

「それだけ私のお口で気持ちよくなってくれたのなら、私も嬉しいわ。でも今度はこれで、正樹くんが私を気持ちよくしてね」

申し訳なさそうな顔となった少年に微笑みかけ、美沙は右手でいまだ硬度を維持しつづける強張りを握った。ヌチョッとした肉竿は驚くほどの硬さと熱さで熟女の指を焼いてくる。その熱量だけで腰が悩ましくくねり、淫蜜がジュッと溢れ出していく。

「くッ、あぁ……も、もちろんです。今度こそちゃんと美沙さんを……ゴクッ、ほ、本当にまた美沙さんのあそこに挿《い》れてもらえるんですね」

「そうよ、私たちはまたひとつになるのよ」

急角度でそそり立つ肉槍を挿入しやすい角度に起こしあげ、美沙は双臀を落としこんだ。するとすぐに、ンチュッという音を立て亀頭が濡れた淫唇と接触した。その瞬間、人妻の腰が小さく震えてしまう。

「はぁ、触ってる。僕のがまた、美沙さんのあそこに……ゴクッ」

「そうよ、また正樹くんの硬いのが私のここに、うンッ、すぐに挿れてあげるわ」

陶然とした眼差しを股間に向けている少年に見せつけるように、美沙は気持ち脚を拡げ、腰を前方に突き出していった。

(あぁん、私、すっごく大胆になってる。蒔菜と同い年の男の子にこんな見せつけるような格好……。主人にもしたことないのに、正樹くん相手だとできちゃうのね。あなた、ごめんなさい、私、またこの子を、正樹くんを迎え入れるわ)

卑猥な淫裂とたくましい肉槍が触れ合う場面がいっそう見える体勢。夫相手でもしたことのない淫らな振る舞いを正樹に、娘の妊活相手である少年にしている自分の大胆さに、美沙の背筋には背徳の震えが駆けあがった。

「くッ、うぅぅ、気持ちいいです。そうやって、エッチに濡れたあそこでこすられているだけで僕、また……」

「ダメよ、我慢して。今度は私を気持ちよくしてもらう番なんだから。いま出したら許してあげないわよ」

愉悦の声をあげる正樹を甘く睨みつけながら、美沙はさらに腰を前後に動かし膣口を探っていった。刹那、ヂュッと音を立て張りつめた亀頭が肉洞を圧し開いた。

「おっ、み、美沙さん！」

「ええ、ここよ、いい、挿れるわよ」

期待に目を輝かせる少年に頷き返し、一気に腰を落としこむ。ンヂュッとぐもった音を立て、いきり立つ強張りが熟れた蜜壺を圧し開き入りこんできた。

「あッ、はぁ～ン……」

張り出したカリが膣襞をこすりあげながら奥へと入りこんでくる感覚に背筋が震え、美沙の口からは自然と愉悦のうめきがこぼれ落ちていた。それは夫のペニスではとうてい味わえない充実感。もちろん、夫のモノとて熱く硬いのだが、十代少年のペニスが持つギチギチに血潮が漲《みなぎ》っている感覚には遠く及ばなかった。

「ンはぁ、は、入った。また、美沙さんの気持ちいい膣中に、僕のが全部……。くぅう、ダメですよ、いきなりそんなに搾りあげられたら、僕、またすぐに……」

「あんッ、なにもしていないわ。正樹くんのが先月よりさらにたくましくなってるのよ。だから、私の襞が敏感に反応して、それで……」

自身の口から放たれた言葉に、美沙は少年の強張りの成長を改めて意識した。

（これは私とのエッチのあと、それだけ経験を積んだってことよね。蒔菜とは一回だけって話だから、あの美人先生と何度も……)

教師にしておくにはもったいないほどの美貌の持ち主である絵梨佳の姿が脳裏に浮かんだ瞬間、美沙の胸にモヤッとした感情が芽生えた。

(ヤダ、これって嫉妬の感情じゃない。まさか、私、娘と同い年の男の子に本気になっているとでも言うの)

予想すらしなかった思いに、戸惑いが湧きあがってくる。

「そんな嬉しいこと言われたら、僕、本当に……」

男としての自尊心をくすぐられたのか、正樹の頬が少し緩んだのがわかる。ウットリとした瞳で人妻を見あげてくる少年の両手が、迷いなく豊かな肉房にのばされてきた。そのまま量感を堪能するようにやんわりと揉みあげてくる。

「あんッ、正樹、くん……」

「はぁ、やっぱり美沙さんのオッパイは最高です。こんなに大きくって、柔らかくって、ほんとずっと触っていたいくらいだ」

「いいのよ、触ってくれて。いま、私の身体は全部、正樹くんのモノだからね」

たわわな双乳から伝わる悦楽に美沙はゆっくりと腰を上下させはじめた。ヂュチュッ、グチュッと卑猥な摩擦音が起こり、血液漲る硬直が柔襞をこすりあげてくる。

「うはッ、あぁ、美沙、さンッ、くぅう、気持ちいい」

愉悦の声をあげた正樹が双乳を揉みつつ、腰をズンズンッと突きあげてきた。

「はンッ！　す、すっごいわ、正樹くんのがさらに、うンッ、大きくなってる。はぁン、こんな立派なモノで突かれたら、私もすぐに……」

自分ではコントロールできない、少年から与えられる快感。さらに一回り膨張したようなペニスの充足感。遠慮なく膣奥を窺ってくるパツパツに張った亀頭がもたらす刺激に美沙は目がくらみそうであった。

「イッてください！　今後こそ、美沙さんをちゃんと……」

迫りあがる射精感に抗《あらが》いながら、正樹は熟女を絶頂へと導くべく腰を突きあげつづけた。グチョッ、ズチュッという粘音がさらに大きくなり、卑猥に蠢く膣襞でペニスが弄《もてあそ》ばれていく。

「あんッ、あぁ、す、すっごい、そんな下から突きあげられたら、本当に私……」

妖艶な相貌がさらなる艶を増していた。淫靡に潤んだ瞳で見おろされると、それだけで正樹の背筋がゾクリとし、陰嚢がキュンッと震えてしまう。二度目の噴火を待ち侘びる欲望のマグマが沸々と音を立てその圧を高めてくる。

「くぅう、イッて……はぁ、じゃないと、僕のほうがまた先に……」

(絵梨佳さんとのエッチで持久力もあがっているはずなのに、なんでこんなに早く……。これじゃあ、初体験のときと変わりないじゃないか)

肉洞の締まりも膣襞の入り組み具合も美人教師のほうが強烈であった。にもかかわらず、熟女の蜜壺の心地よさと、柔らかくも確実に絶頂へ煽り立ててくる柔襞の蠢きに、より早い絶頂感を覚えてしまうのだ。

「いいわ、ちょうだい。正樹くんの熱いミルク、また私の膣奥にゴックンさせて」

「うわっ、くぅッ……あぁ、ダメです、そんな腰の動き、早めないで……」

正樹の突きあげに合わせ美沙が腰の動きを変化させた。すると、それまで微妙にズレていた律動がマッチし、熟襞の卑猥な蠢きがよりダイレクトに感じられる。

(ダメだ、まだ出すわけには……。絶対、美沙さんに先に……)

少しは経験を積み、熟女にも満足してもらえるのではないかと思っていただけに、自分の不甲斐なさに呆れる思いだ。だが、いまはいじけている暇はない。弱気な気持ちを振り払うように正樹は腹筋に力を入れ、グイッと上半身を起こしあげた。

「あんッ、まっ、正樹、くンッ、はぁ、いったいどうしたの？」

「うはッ、はぁ……ぜ、絶対、美沙さんをもっと気持ちよくしてみせますから」

驚いたように抱きついてきた美沙の熟れた肉体の柔らかさと、キュンッと膣圧を高めた肉洞の蠢きにこらえていた射精感が再び頭をもたげてくる。それを懸命にやりすごすと、愉悦に火照る顔で美熟女を見つめ返し、下から小刻みに腰を突きあげた。すると、コツンッと亀頭先端がなにかに当たりゾクッと腰が震えた。

「はンッ、なってるわ、充分。あなたの、正樹くんのたくましいので突かれると私、うンッ、こんなの主人では味わえないの」

「だったらもっと、もっと感じてください」

こみあげる絶頂感と戦いつつ正樹は腰を突きあげ、右手を眼前でぶるん、ぶるんと暴れまわる豊乳に這わせていく。手のひらからこぼれ落ちる乳肉の柔らかさに恍惚となりながら、右乳房の頂上に鎮座する焦げ茶色の突起を口に挟みこんだ。鼻の頭が乳肉に埋もれ、甘い乳臭が鼻腔いっぱいに広がっていく。

(ほんとに美沙さんのオッパイ、すっごい。大きさも、柔らかさも、そしてこの甘い匂いも、全部が最高すぎて身体が蕩けちゃいそうだ)

桃源郷の境地に至りそうな感覚に浸りつつ、正樹はチュパッ、チュパッと熟女の乳首を吸い立て、球状に硬化しポッチを尖らせた舌先で嬲りまわしていく。

「あんッ、正樹、くンッ……」

その瞬間、熟女の身体がビクッと跳ねあがった。ギュッとさらに一段階、蜜壺全体が締まりペニスに絡む膣襞がいっそう存在を主張してくる。

「くほぅ、あぁ、美沙さん、ほんとに美沙さんの身体は全部、素敵すぎますよ」

「あなたもよ。正樹くんのたくましいので膣中、満たされると、私、年甲斐もなく身体が浮き立ってきちゃうの」

「そんなこと言われたら、僕……」

火照った顔で美沙を見つめ、今度はその唇を奪っていった。思いきって舌を突き出していくと、すぐさま人妻の舌がお出迎えをしてくれた。そのまま、ニュル、ニュチョッとぬめった粘膜同士を絡め合い、唾液を交換していく。

「ンぱぁ、はぁン、ほんとに素敵よ、正樹くん。私の身体、もう主人じゃ満足できなくなっちゃいそう」

「なってください！　これからもずっと僕と……」

ネットリとした瞳で見つめられると、それだけで背筋に愉悦が駆けあがり、睾丸がクンッと迫りあがってくる。ペニスを襲う断続的な痙攣がその間隔を短くし、亀頭がさらにグッと張り出しを強めた。

「あぁん、それはダメよ。いまだけ、いまだけよ」

「イヤです、僕はこれからも美沙さんと、ンッ」

蕩けた眼差しで見つめてくる美沙の言葉に首を振った直後、今度は熟女のほうから唇を重ねてきた。そのまま体重をかけられ、再びベッドに倒れこんでいく。チュッ、チュパッ……と口づけを交わしつつ人妻の腰が勢いよく振られた。ヂュチョッ、グチュッと禁断の性交音が高鳴り、うねる膣襞が激しく肉槍をしごきあげてくる。

（ンあぁ、ダメだ、このままじゃ本当に僕がまた先に……。せめて最後は僕が美沙さんを思いきり……）

煮えたぎった欲望のマグマが噴火体勢に入っていた。こみあげる射精感を懸命に押しとどめ、正樹は美沙を強く抱きしめるとそのままベッドの上で半回転した。これにより今度は正樹が人妻を組み敷くかたちとなった。

「あんッ、正樹くん」

「最後は僕にやらせてください。少しでも美沙さんのこと気持ちよくさせますから」

艶めかしく火照ったオンナの顔で見つめてくる美沙に頷き返し、正樹はがむしゃらに腰を振りはじめた。卑猥な摩擦音が寝室にこだましていく。強張りを根元まで叩きつけるように埋めこむと、再び亀頭先端にコツンッとなにかが当たってきた。

「はンッ、す、すっごい、そんな激しくされたら、うンッ、届いてる。膣奥に、子宮にあなたの先っぽが、あぁん、ダメ、イッちゃう。そこ、突かれたら、私……」

「イッて！　僕もう、だからいっしょに、あぁ、美沙さん、美ッさ、さンッ」

「いいわ、来て。濃いの、正樹くんの特濃ミルク、子宮にいっぱい飲ませて。おばさんのことも妊娠させてぇぇぇ」

思いがけない言葉に正樹の箍《たが》が完全に外れた。子孫を残そうとする牡の本能が猛烈な勢いで腰を振らせ、絡みつく膣襞を張り出した亀頭が力強くこそげあげていく。

「はンッ、すっごい、壊れる。そんな激しくされたら、私のあそこ、あっ、うンッ、壊れちゃう。あぁ、イクッ！　正樹、来て！　欲しいの、熱いのいっぱい注ぎこんでぇぇ。はぁ、イッぐぅぅ〜〜〜〜〜ンッ！」

「出るッ！　ほんとに、もう……。あぁ、美沙さん、して、僕の精子で妊娠してください！　あっ、あぁぁぁぁぁぁぁッ！」

ついにペニスが弾けた。ドピュッ、ズビュッと勢いよく迸り出た白濁液が人妻の子宮に遠慮会釈なく降り注いでいく。その瞬間、激しいスパークが脳内を襲い、正樹の視界が一瞬にしてホワイトアウトした。

（す、すごい……また、こんなにいっぱい膣中に……。今日だって安全な日ではないのに、あんなことまで口走ってしまうなんて……。今度こそ、本当にこの子との赤ちゃんできちゃうかも……。はぁン、また近いうちにあの人に抱かれなきゃダメね）

荒い呼吸を繰り返し、ぐったりと倒れこんできた正樹を優しき抱きとめた美沙は、胎内に感じる少年の熱い精液に満たされるものを感じつつ、絶頂直前に口をついて出た言葉を思い返し戸惑いを覚えていた。

「はぁ、あぁ、美沙さん、ありがとうございました。とっても素敵でした」

いまにも湯気をあげそうな火照り顔でウットリと見つめてきた正樹が、ゆっくりとペニスを肉洞から引き抜いてきた。少年はそのまま熟女の隣にゴロンッとあおむけとなり、荒い呼吸を繰り返している。

「正樹くんこそ、素敵だったわ。こんなおばさん相手にあんなにいっぱい出してくれて、ありがとう」

下腹部全体に強い喪失感を覚えながらも、美沙は艶めいた微笑みを少年に向けた。

「そんな、美沙さんはおばさんなんかじゃありませんよ。世界一素敵な女性で、僕、美沙さん相手ならほんと何度だって……。いまだって、見てください。二度も出させてもらったのに、僕のここ、まだ……」

おっくうそうに上体を起こした正樹が膝立ちとなってこちらに向き直り、その股間を見せつけてきた。

「あんッ、すっごい……。まだ、そんなに……」

少年の下腹部を見た美沙の腰がぶるっと震え、再びの充足を求める肉洞がキュンッとなった。精液と愛液にまみれたペニスは、最前までの雄々しさは失っているもののいまだに勃起は維持していたのだ。

（ほんとにすごい。いまの状態だって、あの人のよりたくましいくらいだわ）

頭の中で夫のペニスと比べてしまった美沙はその背徳感にゾクッとした。一方、再度の快感を欲する柔襞の動きで膣奥にある白濁液がゴポッと淫裂から溢れ出してくる。

「休憩してからでいいので、もう一度……。今度は後ろから美沙さんと……」

右手で肉竿を握った少年が哀願の眼差しを向けてきた。その瞳の切なさに人妻の母性と淫性が激しくくすぐられてしまった。

「うふっ、休憩なんてしなくて平気よ。いますぐに正樹くんのそれ、ちょうだい」

腰に絶頂の倦怠感を覚えながらも美沙はベッドの上で四つん這いとなった。ぱっくりと口を開け、逆流した精液を垂れ流す秘唇を少年にさらしていく。

「あぁ、美沙さん……ゴクッ、すっごい……。僕のが溢れ出してる」

「そうよ、さあ、早く正樹くんの硬いので栓をして」

（あんッ、やだわ、私ったら、またこんないやらしいおねだりを……）

生唾を飲んだ正樹に艶然と微笑み返し、ヒップを左右に振って挿入をせがんだ。

「は、はい」

上ずった声で答えた少年がにじり寄ってくる。左手で熟腰を摑み、右手に握ったペニスを期待で震える淫唇へと押し当ててきた。

「イッ、イキます」

直後、グイッと腰が突き出され、ニュジュッと粘つく摩擦音を奏でながらたくましい肉槍が再び蜜壺を満たしてきた。

「あんッ、いい。来てる、また、硬いのが膣奥まで……。はぁン、いいのよ、好きにして。私の身体は全部あなたのモノよ。だから好きなだけ、あっ、あ〜ン……」

「おぉぉ、いい。やっぱり、美沙さんの膣中が一番落ち着く。はぁ……」

「いいわよ、ちょうだい。我慢しないで、また濃いのいっぱい、注ぎこんで」

（ほんとにいいわ。私、本当にもう正樹くんでしか満足できなくなっちゃう）

卑猥な攪拌音《かくはん》とともに膣襞が張り出したカリでこそげられていく。その快感に小刻みな痙攣が早くも全身に襲いはじめていた美沙は、身も心も正樹にとらわれはじめたことを自覚するのであった。

第五章　妊活ハウスは僕のハーレム

1

「ＡＩ妊活」も最終月に入った八月一日。妊活ハウスのリビングで三人、アフタヌーンティーを楽しんでいるときにその衝撃的な報せは飛びこんできた。

「えっ!?　まさか嘘でしょう？」

ブブッと小さく振動したスマートホンを手にした蒔菜が驚きで固まってしまった。

その様子に正樹は向かいの椅子に美少女と並んで座っている絵梨佳と顔を合わせ、お互いに首を傾げてしまう。

「なにかあったの、蒔菜ちゃん」

金縛りに遭ったかのような女子高生に、正樹は心配そうな顔で声をかけた。

蒔菜が妊活ハウスに戻ってきたのは半月ほど前であり、心配していた落ちこみや緊張の様子もなく、逆にどこか吹っ切れたような軽やかさをまとっていた。そのため、先週の排卵期には無事に二度目の「妊活」に励むことができたのだ。そんな美少女がいまはフリーズ状態になっている。

「えっ？　あっ、あの……」

「落ち着いて、蒔菜ちゃん。なにかよくない連絡だった？」

ハッとした蒔菜が戸惑いの声を発したことに、女教師が優しく声をかけていく。

「あっ、いえ、そうじゃなくて、その……は、母が妊娠したっていう連絡で……」

「えっ!?」

「なんか、想定外だったみたいなんですけど……。『できちゃった』って……」

思いがけない告白に、正樹と絵梨佳が再び顔を見合わせた。しかし女教師はすぐに満面の笑顔となり、女子高生に「おめでとう」を伝えている。

(まさか美沙さんを妊娠させたのは僕っていう可能性も……。もしかして先月のあれで……。いや、本当に危なければ旦那さんともしてると思うけど……)

少し遅れ気味に祝いの言葉を送った正樹は内心、落ち着かない気分になっていた。

妖艶な人妻を独占したいという思いはいまだ強く存在している。しかし、懐妊がその結果であったすれば独身の絵梨佳や蒔菜を妊娠させるのとはまったく別の意味で、責任がのしかかってくるのだ。

（本当に僕との子だったら逃げるつもりはないけど、でも、どうすればいいんだ。まずは美沙さんに連絡を取って確認しないと……）

目の前で明るく話している二人を眺めながら、正樹は席を立つタイミングを計っていた。だがその前に、蒔菜が再びハッとした顔となったのだ。

「あっ、ごめんなさい、私、ちょっと家に電話してきます」

「それがいいわ。まずはお母さんに『おめでとう』をちゃんと伝えないとね。ついでに私たちからの『おめでとう』も伝えておいて。ねっ、正樹くん」

「そ、そうですね。『おめでとうございます』って伝えておいてよ」

女子高生が慌てた様子で椅子から立ちあがるのを見た絵梨佳が、優しい微笑みで同意を求めてくる。それに対して正樹も少しドギマギしつつ頷き返した。

「うん、わかった。じゃあ、ちょっと上に行きます」

ペコリと頭をさげた蒔菜がスマホを手に三階の自室へと戻っていく。その足取りがどことなく軽やかなのは、純粋に弟や妹ができることへの喜びがあるのだろう。

「いいなあ、蒔菜ちゃんのお母さん。今月がラストチャンスなんだから、私たちも負けていられないわよ」

蒔菜を見送った絵梨佳が改めてこちらに顔を向けてきた。

「わかっています。絶対に絵梨佳さんのこと、妊娠させてみせますよ。今月のお見合いに間に合わないのが、なんか申し訳ないんですけど……」

「そんなことないわよ、私が実家に戻るのは十九日から二十一日にかけてだし、もしかしたら、まだ明らかになっていないだけで先月のエッチで妊娠しているかもしれないじゃない。私はまだその可能性、捨ててないからね」

「そうですよね。まだ、諦めるのは早いですよね」

たぐいまれな美貌を誇る女教師が、自分に言い聞かせるように強い言葉を発してきた。それに対して正樹も大きく頷き返した。

「そうよ。それに私、今週末頃から生理がはじまると思うから、実家に戻る前の数日が本当のラストチャンスだと思うの。だから、そのときは……」

「わかってます。それこそ、六月の最初みたいに朝までコースで絵梨佳さんと……」

（そうだよ、僕が本当に妊娠させなきゃいけないのは絵梨佳さんなんだ。蒔菜ちゃんは妊娠しなくても問題ないけど、絵梨佳さんには望まぬ結婚が待っているんだし、それを阻止できるのはこの世界で僕だけなんだ。だから、絶対に……）

美人教師の運命をまさに自分が握っている事実を、正樹は改めて意識した。

「うん、期待してるわ。それと……ねぇ、今夜、したいな」

どこか恥ずかしそうに頬を染める絵梨佳にドキッとさせられてしまった。

「えっ？　僕は嬉しいですけど、でも、いまは……」

「ええ、さっきも言ったけど、次の生理は今週末くらいからだから、いまが一番安全な、子供ができない時期ね。なんか、蒔菜ちゃんのお母さんのご懐妊を聞いたら身体が、ねっ、ちょっと欲しくなっちゃってるっていうか……。だから、子作りのことをはいったん忘れて単純にエッチがしたいの。ダメ？」

赤らめた顔で小首を傾《かし》げてくる女教師に、正樹の胸がズキュンッと射貫かれた。同時にペニスがピクッと反応し、期待に応えんと鎌首をもたげてくる。

「もちろんダメじゃないです。正直に言えば、僕だって子作りに関係のないエッチしたかったですし、だから、絵梨佳さんから誘ってもらえてすごく嬉しいです」

「もう、エッチしたかったら言ってくれればよかったのに。蒔菜ちゃんにはお願いしづらかったかもしれないけど、私にはおねだりしてくれてよかったのよ」

美しい相貌に蠱惑《こわく》の微笑みを浮かべる絵梨佳に、背筋がゾクッとしてしまった。

（美沙さんにこの上なく惹かれているのとは別に、やっぱり真田先生、絵梨佳さんのことも絶対に守りたい）

「だったら、あの、僕からもお願いします。今夜、エッチさせてください」

絵梨佳の見合い結婚断固阻止。その思いを新たにした正樹は美人教師をまっすぐに見つめ、ド直球な言葉を投げかけた。

「ふふっ、ほんとストレートね。まあ、いいわ、いまさら着飾った言葉なんていらないしね。じゃあ、今夜、正樹くんのお部屋に行くから、それまでに夏休みの宿題、少しは片付けておいてちょうだいね」

「わかってます。今日のノルマは終わらせておきますから、安心してください」

クスッとおかしそうに笑いつつ、教師らしい言葉を送ってきた絵梨佳に頷《うなず》きと笑みを送り返した。

2

「あぁ、絵梨佳さん、とっても綺麗だ」

教え子の羨望の眼差しに、女教師の腰が小さく震えてしまった。

八月二日の午前零時すぎ、絵梨佳は妊活ハウス一階の部屋を訪れていた。「妊活」とは無関係な、単純に昂《たかぶ》る肉体を鎮めるためだけの性行為であるだけに、女子高生の莳菜には秘密にしておきたい思いが強く、深夜の訪問となったのである。

「ふふっ、私の下着姿なんて、それこそもう見慣れた光景じゃないのかしら」

「そんなことないです。いつ見てもほんと素敵で……。それに今日はいちだんと色っぽいって言うか、そんなセクシーな黒の下着なんて初めてだから、なおさら……」

パンツ一丁となった正樹にウットリとした目で見つめられると、絵梨佳はくすぐったそうに身をよじった。だがまんざらでもない思いも強く、子宮には早くも鈍痛が襲い、膣襞が「早く、はやく」と急かすように蠢き淫蜜を滲ませてしまっている。

(この子の熱い視線にも慣れてるはずなのに、こういう場で見つめられるとやっぱり身体疼いちゃうわ)

思春期の少年から熱い眼差しを向けられることには職業柄慣れている。だが、特別な関係となっている正樹からの視線は別だ。特にこれからエッチをするというシチュエーションではこちらの性感が高まっていることもあり、媚薬のように効いてくる。

「だからそこ、もうそんなに大きくしてるのね。しょうがない、先に一度抜いてあげるわ。その代わり、たっぷり私のことも満たしてくれないとダメなんだからね」

蠱惑《こわく》の微笑みを浮かべ、絵梨佳は両手を背中にまわすとブラジャーのホックを無造作に外した。締めつけから解放された膨らみが息を吹き返すように盛りあがりカップを押しあげてくる。その様子を正樹が瞬きすら惜しむように見つめていた。その熱い眼差しに、またしても腰がぶるっとしてしまう。

「私のオッパイなんて飽きるくらいに見て、触ってるんだから、正樹くんも早く裸になって。そうしないと、いつまで経っても気持ちよくしてあげられないわよ」

「あっ、は、はい」

ハッとしたように慌ててボクサーブリーフを脱ぎおろしていく教え子にクスッと微笑み、絵梨佳は完全にブラジャーを床に脱ぎ落とした。釣り鐘状に実った豊かな双乳がユサユサと悩ましく揺れながらその姿をあらわにしていく。

「あぁ、すっごい……。いつ見ても先生の、絵梨佳さんのオッパイ、素敵です」

「あなたのそれも、たくましくて素敵だわ。約束どおり先に楽にしてあげるわね」

下腹部に張りつきそうな急角度でそそり立つペニスに肉洞を疼かせつつ、絵梨佳な正樹の正面で膝立ちとなった。すると張りつめた亀頭先端から滲み出した先走りの、ツンッと鼻の奥を衝く香りが感じられ、それが性感をさらにくすぐってくる。

(やだわ、私の身体、すっかり正樹くんのエッチな匂いに敏感に反応するようになっちゃってる。こんなこと以前の彼氏にはなかったのに、これも相性なのかしら。そう考えると、半信半疑だったこのＡＩ判定もまんざらではないのかもしれないわね）

「もしかして、今日もまた、む、胸で……」

「そうよ、正樹くんの大好物、このオッパイで挟んであげるわ」

喉を大きく上下させた教え子を見あげ、絵梨佳は自らの豊乳を持ちあげてみせた。ずっしりとした量感と弾力が手のひら全体から伝わってくる。その感触に背筋をゾクリとさせつつ改めて右手を強張《こわば》りへとのばした。誇らしげに裏筋を見せつける肉竿、その中央付近を優しく握りこむと、その硬さと熱さに子宮がキュンッとしてしまった。

「うはッ、ああ……」

「あんッ、いつもながらとっても硬くて熱いわ。それに、もうピクピクしちゃってる。ふふっ、すぐに楽にしてあげるわね」

軽く肉竿をこすりあげただけで早くも愉悦に顔を歪める教え子を可愛く思いつつ、絵梨佳はそのたくましい肉槍を深い胸の谷間へと導いた。血液漲《みなぎ》る熱い物体が弾力豊かな乳肌に触れると、それだけで膣襞のざわめきが高まってくる。ジュッと漏れ出した淫蜜がクロッチにはっきりとしたシミを作り出していく。

「おほッ、はぁ、絵梨佳さんのオッパイで挟まれると、それだけで僕……」

「いいのよ、出して。今日は子作りエッチじゃないんだから、いくらでも無駄撃ちしちゃいなさい、ほら」

　腰を切なそうにくねらせる正樹に艶然と微笑みかけ、絵梨佳は両手を双乳の外側に這わせると、ギュッと乳圧を高めた。そして間髪を入れず、たわわな肉房を互い違いに揉みあげ、谷間の強張りをこすりあげていく。

（あぁ、ほんとに硬いわ。それに、こうやってこすってあげているとエッチな匂いがどんどん濃く立ち昇ってくるから、あそこのムズムズが高まってきちゃう。それに、乳首がこの子のあそこの毛にくすぐられて、すっごく切なくなっちゃう）

　漏れ出した先走りが摩擦を助けるように、チュッ、クチュッと淫音を奏でてくる。同時に谷間から立ち昇る牡臭が濃くなり、その香りに絵梨佳のオンナが煽られていく。また、薄茶色の乳首が少年の陰毛とこすれ合い、その微妙な刺激が満たされぬ淫欲を煽ってきた。

　切なそうに太腿を軽くこすりつけるとパンティクロッチが微妙によじれ、チュッという淫音とともにかすかな刺激が秘唇に送りこまれてくる。

「あぁ、絵梨佳さん、くッ、おぉぉ、ほんと、絵梨佳さんのオッパイ、柔らかいのに弾力もすごいから、すっごく気持ちいい」

悶えるように正樹の腰が左右にくねってきた。さらに少年の両手が絵梨佳の両肩におろされ、ギュッと摑んでくる。

「あんッ、ダメよ、そんなふうに肩、思いきり摑まれたら痛いわ」

「ごめんなさい。でも、ほんとたまらなくて……。あぁ、もうすぐに出ちゃうよ」

「いいわ、出して。正樹くんの熱いミルク、私のオッパイにいっぱいかけて」

すっと肩を摑む力が弱まったのを感じながら、絵梨佳は激しく自身の双乳を揺さぶった。弾力ある膨らみがひしゃげ、谷間に挟んだ強張りを弄《もてあそ》んでいく。ピクッ、ピクッとペニスが断続的に跳ねあがり、亀頭がさらに膨張したのがわかる。

「あぁ、出る！　本当に僕、もう、あっ、あぁぁぁぁぁぁぁぁぁッ！」

その瞬間、肉槍に激しい痙攣が走り、熱い粘液がドビュッと乳肌にかかった。

「あんッ、わかるわ。正樹くんの熱いのが、谷間でいっぱい……」

飛び散らないよう女教師は乳圧をさらに高め、脈動が治まるまで硬直を完全に乳房で包みこんでいた。

「はぁ、すっごい……。そんなギュッて抑えこまれたら、密着するオッパイの感触だけで、僕、まだ……」

「全部、谷間で受けとめてあげるから、出しきっていいのよ」

（はぁン、ダメ、本当に私、硬いの、正樹くんのオチ×チン、欲しくなってる）

谷間から立ち昇る性臭がオンナの本能を刺激し、脳を妖しく揺らしてきた。肉洞がキュン、キュンッと蠕動《ぜんどう》し、大量の淫蜜が黒パンティに卑猥なシミを広げていく。

「す、すごい……。絵梨佳さんのオッパイ、そんなにベッチョリ……ゴクッ」

女教師の豊乳からペニスを解放された正樹は、射精に導いてくれた膨らみの谷間が欲望のエキスで汚れ、ドロッとしたゲル状の粘液が腹部方面へと垂れ落ちていくさまを目の当《ま》たりにし、生唾を飲んでしまった。

「ふふっ、相変わらずすごい量ね。これをいつもは膣奥に出してくれているのよね」

ティッシュペーパーで白濁液を拭《ぬぐ》い取りながら、絵梨佳が悩ましく上気した顔で見つめてきた。その艶めかしさに背筋が震え、ペニスがその硬度を高めていく。

「今日もいっぱい膣中に出させてもらいますよ。そして、絵梨佳さんの帰省前にはまた膣奥にたっぷりと……。絶対、僕が絵梨佳さんを妊娠させますから。その大きなオッパイから、甘いミルクがいっぱい出るように頑張ります」

「期待しているわ。無事に赤ちゃんが産まれたら、正樹くんにも飲ませてあげるわよ」

決意を新たにした正樹に優しい微笑みを浮かべた絵梨佳に右手を取られ、そのまま豊かな膨らみへと導かれた。適度な柔らかさと弾力がミックスされた乳房、その抜群の感触が手のひらいっぱいから伝わってくる。

「あぁ、絵梨佳さん……」

右手で豊乳をやんわりと揉みこみつつ、赤らんだ美貌に顔を近づけた。すっと女教師が目を閉じた直後、ふっくらとした唇を奪った。すぐさま舌を突き出し、柔らかな朱唇をノックしていく。

「ンぅ……チュッ、チュパッ、ヂュチュ……」

甘い吐息を漏らす絵梨佳が、すぐに舌を突き出してくれた。ネットリと粘膜同士を絡め、唾液を交換していく。その間も正樹は右手で女教師の左乳房を捏ねまわし、左手をツンッと張り出した双臀へと這わせた。黒い薄布越しにヒップを撫でまわすと、絵梨佳が切なそうに腰を左右に振ってくる。すると射精直後にもかかわらず臨戦態勢を維持していた勃起が柔らかな腹部にこすられ、ビクッと跳ねあがってしまう。

「ンぱぁ、はあ、絵梨佳、さん……。すぐにでも絵梨佳さんが欲しいです。でも、その前に僕も絵梨佳さんのあそこを……」

「ありがとう。でも、必要ないわ。正樹くんのをオッパイで挟んでいる間中、ずっとウズウズしていたから実はもうグチョグチョなのよ」

キスを解いた正樹が赤らんだ顔で美人教師を見つめると、どこか恥じらうような表情で絵梨佳が囁《ささや》き返してきた。その瞬間、腰がぶるぶるっと震え新たな先走りが滲み出していく。精液の匂いと混じり合って淫靡な香りを振り撒いてくる。

「じゃっ、じゃあ、す、すぐにでも……」

「ええ、いいわ。ねえ、最後の一枚はあなたが脱がせて」

凄艶な色気で促《うなが》してくる絵梨佳に無言で頷き、正樹はその場にしゃがみこんだ。

精緻なレースが施された黒パンティ。そのレースの隙間からヘアの翳《かげ》りがはっきりと覗いており、それを目にしただけでまたしても背筋がゾクッとしてしまった。それでも両手を薄布の縁に引っかけると、張り出した双臀から剝くようにパンティを脱ぎおろしにかかった。

薄布が裏返りながらおろされる。ふわっと盛りあがるようにデルタ形の陰毛があらわとなり、その瞬間、正樹の鼻腔には甘酸っぱい牝臭が届いた。さらにクロッチが秘唇から離れるとチュッと小さな蜜音が聞こえる。

(あっ、本当に絵梨佳さんのあそこ、濡れてるんだ)

裏返った股布に視線を向けるとそこにはベチョッと粘液が付着しており、美人教師の言葉どおりすっかり準備が整った状態であることがわかる。嬉しそうにペニスが胴震いを繰り返すなか、パンティを足首までおろすと絵梨佳がそこから足を抜いた。

脱がせたパンティをその場に放置し正樹が立ちあがると、艶めいた顔の女教師がベッドへとあがりあおむけに横たわった。

「さあ、来て」

膝を立てM字型に脚を開いた絵梨佳の痴態にゴクッと生唾を飲みこみ、正樹もベッドへとあがると、そのまま開かれた美女の脚の間に身体を入れた。目の前にはくすんだピンク色の秘唇が蜜液の光沢を放ち、物欲しげに口を開けている。

「絵梨佳さんの、いつ見てもほんと綺麗です。あぁ、ここまで甘酸っぱい匂いが漂ってきてる」

「そんな恥ずかしいことわざわざ言わなくていいから、早く正樹くんのそれで私のここ、満たして」

切なそうに腰をくねらせた絵梨佳だが、言葉に反してその両手が淫裂へとおろされるとスリットの端に指を添え、くぱっと開いてみせた。その瞬間、トロッとした蜜液がこぼれ落ち、ほっそりとした指先を濡らしていく。さらに膣内で蠢く柔襞が飛びこみ、性感が煽られていった。

「えっ、絵梨佳、さん……。ゴクッ、そんなエッチなこと反則ですよ」

「だって今日の私、身体の昂りがほんとにすごいのよ。だから、ねッ」

（美沙さんの妊娠がそれだけインパクトがあったってことだよな。だとすれば、それはある意味、僕のせいかもしれないし、だったら……）

熟女の懐妊が絵梨佳に与えた予想外の影響に責任を感じつつ、正樹は右手で強張りを握ると開かれた淫唇に向かって張りつめた亀頭先端を近づけていった。チュッと小さな蜜音を立て、粘膜同士がキスをする。

「あんッ、正樹、くん……」

「イッ、挿れますよ」

甘い声をあげた絵梨佳にかすれた声で返し、そのまま腰を突き出した。ンヂュッとくぐもった音を立て、いきり立った屹立が女教師の蜜壺に入りこんでいく。

「うッ、あぁ……す、すごい。絵梨佳さんのここ、今日はいつも以上に熱くて、締まりも強くて、エッチにうねってる……」

肉洞にペニスが埋没したとたん、入り組んだ膣襞が「待ってました」とばかりに絡みついてきた。その柔襞の蠕動に一気に射精感が押し寄せてきそうだ。

「はンッ、いい……。硬いのがまた膣奥まで……うンッ、あぁ、これよ。蒔菜ちゃんのお母さんの話を聞いてからずっと、これが欲しかったのよ」

潤んだ瞳を悩ましく細めた絵梨佳に見つめられると、それだけで背筋に愉悦が駆けあがっていく。ドクンッとペニスが脈動しその体積がさらに増していった。

「あんッ、すっごい、まだ大きくなるのね。ねえ、突いて。出しちゃってもいいから、思いきり私のここ、気持ちよくして」

「ンはぁ、そんな下から腰揺すられたら、ほんとに僕……。い、イキますよ。本当にすぐに出ちゃうかもしれないけど、僕ももう我慢できないです」

艶めかしく腰をくねらせ律動を促してくる女教師の媚態に性感を煽られ、正樹は本格的に腰を振りはじめた。

グチュッ、ズチュッと粘つく摩擦音をともなって漲る肉槍が肉洞を往復していく。すると柔襞がキュンキュンッと反応しさらにその締めつけと蠢きを強めてきた。

「あんッ、そう、そうよ、正樹。もっとよ、もっとちょうだい」

「もちろんです。こんな気持ちがいいの、やめられるわけないですよ」

絵梨佳の両手が正樹の首にまわされ、そのままグイッと抱き寄せられた。美人教師の顔の横に両手をつき、その媚顔を見つめ返していく。学校で見せる凛《りん》とした教師の顔とは違う、蕩けきったオンナの表情が牡の支配欲を刺激してくる。

「うん、やめないで。私が満足するまで今夜は寝かせてあげないからね」

快感に染まる顔で小首を傾《かし》げられると、それだけで胸が射貫かれてしまった。

「それは僕のセリフですよ。空っぽになるまで何度でも、くッ、絵梨佳さんのこのエロエロで気持ちいいオマ×コに出しますからね」

宣言するように言うと、正樹は律動速度を一気にあげた。卑猥な性交音が高まり絡みつく柔襞でペニスがしごきあげられていく。美人教師の豊かな双乳がぶるんぶるんっと激しく揺れ動き、ベッドがギシギシッと軋み音を立てはじめる。

「あっ、あんッ、はぁ、す、すっごい……そんな激しく、う〜ンッ、素敵よ、正樹、くンッ、あぁ、マサ、き……」

「ごめん、絵梨佳さん、ほんとに一回、先に出すよ」

陰嚢全体がクンッと迫りあがり、ペニスには小刻みな痙攣が襲いはじめていた。

「いいわ、ちょうだい。熱いの、また膣奥に飲ませて」

「はぁ、ダメだ、出る。イクよ、絵梨佳さん。ほんとに、あっ、あぁぁぁぁッ！」

ズンッとひときわ強く強張りを打ちこんだ瞬間、正樹の視界が一気にホワイトアウトした。ビクン、ビクンッと激しく腰が打ち震え、弾けた亀頭からは濃厚な白濁液が女教師の子宮に向かって迸り出ていく。

「あんッ、来てる。熱いのが、正樹くんの精液がまた膣奥に……」

勢いよく打ちつけてくる教え子の欲望のエキスに、絵梨佳の腰が小さく震えていた。しかし、絶頂には届かず物足りなさに身がさいなまれる。

(ダメ、これじゃ足りないわ。ほんとに私の身体、とんでもなく昂っちゃってる。まさか、蒔菜ちゃんのお母さんの、「AI妊活」とは無関係な人の妊娠を聞いてこんな気持ちになるなんて……)

妊娠を希望するも果たせずにいる自分と三十代後半で想定外の妊娠をした美沙。その対比が羨望となり、「自分も!」の思いを強く沸き立たせた。それらが生理前の身体の火照りと相まって、淫欲をこの上なく燃えあがらせてしまっていたのである。

「すみません、一度オッパイでしてもらっていたのに、こんな早く先に……」

「ふふっ、そんなこと気にしなくていいのよ。それに、これで終わりじゃないんでしょう?　だって、正樹くんのはまだ……」

絵梨佳の顔の横に両手をつき見つめてくる教え子が、真っ赤に染まった顔でどこか恥ずかしげな声で囁いてきた。それに対して首を左右に振りつつ、女教師は下から小さく腰を揺すってみせた。すると肉洞に埋まったままほんの少し萎えていたペニスがとたんにピクッと反応し、その体積を再び戻してくる。

「ンッ、はぁ、もちろんです。次こそは絶対、絵梨佳さんを……」

「期待しているわ。ねえ、今度は私を上にさせて」

愉悦に顔を歪めた正樹に語りかけると、絵梨佳は両手を少年の背中に這わせ思いきり抱き寄せた。教え子の胸板で豊かな膨らみが完全に潰されていく。硬化した乳首もひしゃげ、その快感に腰をぶるっとさせつつベッド上で身体を半回転させ、その位置を逆転させた。

「あぁ、絵梨佳さん」

「今回はもうちょっとだけ耐えてね」

ウットリとした目で見つめてくる正樹にチュッと軽くキスをした絵梨佳はゆっくりと上体を起こし騎乗位の体勢となった。根元までガッチリと嵌《は》まりこんでいるペニスが、小さく胴震いしているのが膣襞を通して感じられる。

「あんッ、すごいわね、もう完全に元どおりじゃない」

「だって今日の絵梨佳さん、いつも以上にエッチだから」

蕩けた瞳を向けてくる少年の両手が釣り鐘状の膨らみへと這わされ、量感を確かめるように揉みあげてきた。ゾクッと腰が震え、心地いい愉悦が背筋を駆けあがる。

「エッチな先生は嫌いだった？」

艶然と微笑みかけ、絵梨佳はゆっくりと腰を上下に動かしはじめた。するとすぐさま卑猥な攪拌《かくはん》音が起こり、たくましい肉槍が膣内の精液を柔襞にすりこんでくる。

「うンッ」「あぁ」という甘いうめきが自然と唇からこぼれ落ち、絶頂を逃した肉洞が今度こそはと強張りに絡みついていく。

「ンくッ、はぁ、嫌いなワケないじゃないですか。僕はどんな絵梨佳さんも大好きですよ。それにみんなが憧れている真田先生とエッチができるんだから、くぅ、優越感がすごいくらいです」

慈《いつく》しむように双乳を揉みあげてくる教え子がズン、ズンッと下から腰を突きあげてくる。痺れるような愉悦が背筋を駆けあがり、快楽中枢が揺さぶられていく。

「はンッ、いいわ、そうよ、上手《じょうず》よ。正樹くんだけなのよ、私のここで気持ちよくなれる男は。でも、あぁン、今回の妊活が失敗したそのとき私の身体は……」

実家に帰省するときまでに妊娠が発覚しなければ、望まぬお見合いが待っている。両親も絵梨佳が断固拒否の姿勢を示せば結婚を無理強いしてくるとは思わないが、断る理由があるに越したことはない。「妊娠」などはその最たるもので、いくらなんでもほかの男の種を宿した女と結婚したいとは思わないであろう。

「イヤです！　絵梨佳さんをほかの男に渡す気はありませんからね。一生僕だけが絵梨佳さんとこうしていっしょに……」

　宣言するように言いきった正樹の両手が乳房から括れた腰へとおろされた。グイッとヒップを押さえつけるようにして強引に絵梨佳の律動を制止させると、腹筋運動をするような感じで上半身を起こしあげてきた。

「あんッ！　正樹、くん？」

「渡しませんよ。必ず僕が絵梨佳さんを妊娠させてみせます」

　いきなりの対面座位に驚き少年の首に両手を回して抱きついた女教師に、正樹が驚くほどまっすぐな目で見つめ返してきた。そのあまりに真摯《しんし》な眼差しに絵梨佳の胸がキュンッと締めつけられた。

「うん、奪って。私のここ、もうあなたの形になっちゃってるから、ほかの男に使われないようにして」

（あぁん、私、正樹くんに、教え子の男の子に本気になってる。もうほかのオトコに身体を許したいとは思わないし、これが本当の相性なのかも）

　潤んだ瞳で愛しい男性を見つめ返し、積極的に唇を重ね合わせていく。

　チュッ、チュパッと舌を絡めつつ、正樹が下から腰を突きあげてくる。膣襞がこすられ、痺れるような愉悦が全身に伝播《でんぱ》していく。それに応えるように絵梨佳も腰を上下させ、蜜壺でペニスをしごきあげていった。

「当たり前ですよ、二度とほかの男に絵梨佳さんのここは、くぅ、この気持ちいいオマ×コを味わわせたりしません」

濃厚な口づけを解いた少年が右手を再び左乳房へと重ね、弾力豊かな膨らみを捏ねあげてきた。

「約束よ。あぁん、もうあなたの、正樹専用にカスタマイズしちゃってるんだから、うンッ、ちゃんと責任を取って、これからもいっぱい愛して」

「おぉぉ、絵梨佳さん、一人と言わず、二人、三人と僕の子供を産んでくださいね」

再び唇を奪ってきた少年はその勢いのまま絵梨佳をベッドへと押し倒してきた。再びの正常位となったとたん、腰の動きが一気に本格化した。ヂュヂョッ、グヂョッと粘つく摩擦音とともに、張り出したカリが膣襞を激しくこそげてくる。

「産んであげる、何人でも。だから、あんッ、いい、ちょうだい。また、正樹の濃くて熱いミルク、子宮にいっぱい……。はぁン、そして今度こそ、私も……」

お互いの言葉が性感を高め合っていた。その証拠に正樹のペニスは先ほど以上に膨張しており、絵梨佳の脳も悦楽に染まって絶頂への階段を駆けのぼっていく。

「イカせます！　今度こそ絶対……。あぁ、いっしょに、僕といっしょに……」

快感に顔を歪めた正樹が絞り出すような声で言うと、律動速度がさらにあがった。

卑猥な性交音を奏でながらたくましい強張りが絡みつく膣襞を強引にこそげてくる。

「あんッ、いいの、来て、そのまま思いきり膣奥に、はぅン、あぁ、イケそうよ、今度はいっしょに、だからそのまま……」

ズリ、ズリュッと力強く柔襞がこすられるたびに鋭い快感が脳天を突き抜け、腰が浮きあがりそうになる。眼窩に絶頂の到来を知らせる瞬きが何度も襲い、目の前にある教え子の顔が霞《かす》んできていた。その状態で絵梨佳は両脚を跳ねあげ、正樹の腰を挟みつけると、少年の突きこみに合わせて腰を艶めかしく揺らめかせていった。

「ンはぁ、締まる……。絵梨佳さんの膣中、さらにキツく……。くぅぅ、出すよ、また膣奥に、絵梨佳さんの子宮にまた……」

正樹の腰がラストスパートの律動を繰り出し、ベッドの軋み音が大きくなっていく。同時に絵梨佳の絶頂感も急速に高まり、断続的な痙攣が腰を襲いはじめた。

「ちょうだい、また膣中に、子宮に濃いの。正樹のモノだって印をいっぱい……」

ズンッと力強い突きこみが襲い、亀頭先端がコツンッと子宮をノックしたその瞬間、絵梨佳は意識が一気に刈り取られてしまった。

「はンッ、イク……私、ほんとに、はぁン、イッく～～～～～～～～ンッ！」

「出すよ、絵梨佳さん、僕の、僕だけの場所に……。あぁ、絵梨佳さん、エリ、カッ、あっ、あぁぁぁぁぁぁッ！」

絵梨佳が全身に絶頂痙攣を起こしたタイミングで、正樹のペニスも弾けていた。熱い迸りが子宮に襲いかかり、胎内がじんわりと温かくなっていくのをはっきりと感じることができる。

「あぁ、すっごい、また膣奥にいっぱい……。はぁ、お腹の中、ポカポカしてる。ねえ、これからもよ。これからもずっと私を愛してね」

「もちろんですよ。絵梨佳さんのこと、本当に一生、離しませんから。僕が必ず妊娠させて、幸せにしますから」

強烈な快感の余波で焦点のぼやけた瞳で正樹を見つめると、少年も真っ赤に染まった悦楽顔で頷き返してきた。そのまま荒い呼吸を繰り返す唇が奪われていく。

(絶対にあの結婚話は潰さないと。じゃないとこの子と、正樹と添い遂げられない)

唇粘膜に感じる教え子の熱い粘膜に恍惚としながら、絵梨佳は八歳も年下の少年への想いを新たにするのであった。

3

絵梨佳と貪《むさぼ》るようなセックスを堪能した翌日。この日、女教師は仕事で学校へ、女子高生は夏休みの宿題をするために友人の家へとそれぞれ行っており、妊活ハウスには正樹一人であった。

（やっぱり、無視はマズいよな。僕の子かもしれないんだし、だったらキッチリ）

一階の自室で夏休みの宿題と格闘していた正樹はシャープペンシルをスマホに持ち替え、美沙へ「妊娠おめでとうございます」のメッセージを送った。すると間もなく、その美沙から電話がかかってきた。

「正樹くん、いま、大丈夫？」

「はい、平気です。先生は仕事で学校ですし、蒔菜ちゃんもお友だちの家へ行っているので、いまは僕一人なんです。あっ、それで、あの、蒔菜ちゃんから昨日聞いたんですけど、赤ちゃん、おめでとうございます」

どこか艶っぽい人妻の声に背筋を震わせながら、正樹は改めて祝意を示した。

「本当に妊娠させてくれて、ありがとう。やっぱり若くて元気な精子はすごいわね」

「じゃ、じゃあ、やっぱり父親は……」

予想していたことだが、実際に明かされるとドキッとしてしまう。

「ええ、先月のあれだと思うわ。いちおうあのあと再び主人を誘って抱かれたんだけど、蒔菜がそっちに戻ってからだったの。だから、排卵時期を考えると……」

「す、すみませんでした」

「謝らないで、すっごく嬉しいんだから。三十歳くらいまでは二人目を懸命に作ろうとしていたけど上手《うま》くいかなくて……。その後、エッチから遠ざかっていたのが、今回こういうかたちだけど再び恵まれて感謝してるくらいよ」

「あの、ご主人はなんと？」

子供が産まれることはめでたいが、「託卵」となってしまうだけに後ろめたさも強く感じてしまう。

「主人も喜んでるわ。二人目は諦めていたというのもあるんだけど、向こうのほうがはしゃいでる感じね」

「本当によかったんですか？　僕、ちゃんと責任取る覚悟は」

「ダメよ、それは。この子はあくまでも私と主人の間にできた子供、いいわね」

「は、はい」

思いがけず強い口調で言われた正樹は、気圧《けお》されたように返事をした。

「うふっ、それにあなたは、あの美人先生と蒔菜を妊娠させるのが役目でしょう。特に先生のお見合い結婚、阻止したいんでしょう？」

「まあ、そうなんですけど。絵梨佳さん、再来週末にはご実家に帰省して望まぬお見合いが待っているんですよ。その前になんとか阻止したかったんですけど……」

今度は一転、優しい声音で諭してくる美沙に正樹もつい弱音を漏らしてしまった。

「大丈夫、こんなおばさんを妊娠させられたんだから、若い先生なんて余裕よ。ＡＩ判定の結果も良好なわけだし、それにまだ時間あるじゃない。帰省前にわかるかもしれないし、諦めるのは早いわよ」

「そうですね。絵梨佳さんも昨日、同じことを言ってました。お見合いには間に合いませんけど、今月、ラストチャンスがあるのでなんとかしたいです」

「そうよ、それこそが正樹くんがしないといけない覚悟よ。それと蒔菜のこともよろしくね。昨日、電話をかけてきて『ママに先を越された』って悔しがっていたから」

「それはもちろん、できる限りは。でも、蒔菜ちゃんはもともと処女喪失が目的だったんだから、無理に妊娠まではしなくても、とは思うんですけど」

「それは私も思うけど、あの子、一度言い出したら聞かないところがあるから。チャレンジはしてちょうだい。それに、蒔菜がもし妊娠したらこれからも正樹くんと会う機会ができるでしょうし、私も楽しみではあるのよ」

「あぁ、美沙さん……」

その言葉に正樹は陶然としてしまった。確かに蒔菜が妊娠すれば、その相手として母親の美沙と会う機会は増えるだろう。だがそれは逆に妊娠しなければ、今後会う機会が失われることを意味してもいた。

（昨夜は絵梨佳さんに「幸せにします」って宣言したくせに、美沙さんへの執着も捨てられないなんて、最低だな、僕。でも現実問題、美沙さんといっしょになることは無理だろうし、絵梨佳さんを大切に想う気持ちに嘘はないんだけど……）

「ご期待に応えられるよう頑張ります」

複雑に絡まった心をほぐせぬまま、正樹はそう返事をすることしかできなかった。

「ええ、大いに期待しているわ。じゃあ、またね」

「はい、あの、お体、お大事に」

「ありがとう。大切に育《はぐく》むから安心してちょうだい」

慈しみの言葉を口にして美沙との通話は終わった。

（美沙さんの件はもう任せるしかないけど、絵梨佳さんと蒔菜ちゃん、特に絵梨佳さ

んについてはどうにかしたいよな）

「私と主人の間にできた子供」――そう言われてしまった以上、美沙の懐妊について正樹が口出しすることは許されない。喫緊《きっきん》の課題は、絵梨佳を無事妊娠させ望まぬ結婚を阻止することである。しかしこればかりは運を天に任せる部分も強く、意思だけではどうにもならない現実にもどかしい思いを募らせるだけであった。

4

「ねえ、絵梨佳さんとの最後の妊活っていつから？」

「いちおう今日からで明日、明後日で終わりかな。明明後日には絵梨佳さん、ご実家に戻られるから。でも、どうして？」

八月中旬。いよいよ女教師のお見合いが今週末へと迫っていたある日の午後。正樹は蒔菜と二人、妊活ハウス二階のリビングでコーヒーを飲んでいた。絵梨佳は朝から「用事があるから」と言って出かけており、家には二人だけであった。

「いや、なかなか上手くいかないモノなんだなって……。絵梨佳さんにとって正樹くんは次善の相手だったわけじゃない。それでも簡単に結果は出ないだなって。正樹くんが十四番手の相手の私はなおさら難しいのかなって思って」

「そもそも今回のプロジェクトって三カ月ちゃんと妊活をつづければばっていう前提だから、今日からのラストチャンスも含めてなワケじゃない。とはいえ、できればお見合い前に結果、出しておきたかったよ。あと蒔菜ちゃんに関しては、初月がアレだったからその分不利だよね。でも、蒔菜ちゃんは無理に結果を求めなくても」

「そうなんだけど、ママまで妊娠したっていうのがね。私がこっちに来ている間に『まさか！』って感じよ。弟妹ができるのは嬉しいけど、ちょっと複雑、みたいな」

美少女は苦笑混じりにそう言うと肩をすくめて見せた。

（ごめん、蒔菜ちゃん。美沙さんのお腹の子、父親は僕なんだよ）

蒔菜の口から美沙の妊娠に関することを聞くと、やはりドキッとしてしまう。同時に後ろめたい感情も湧きあがってくるが、それはけっして口にはできない、それこそ墓場まで持っていく秘密であった。

「ただいま」

直後、どこか明るい声をあげながら絵梨佳が帰宅してきた。階段をのぼる足音も弾んでいるように感じられる。それは蒔菜も感じ取っているのか、思わず顔を見合わせ首を傾げ合ってしまった。

「お帰りなさい、絵梨佳さん。どうしたんですか、なにかいいことでも」

「聞いて、正樹くん、蒔菜ちゃん。私、やったわ。妊娠、赤ちゃん、できたって」

正樹の言葉を遮《さえぎ》るように女教師が一気にまくし立ててきた。

「へっ⁉」

「す、すごい！　おめでとうございます。キャァー、ほんとによかったですね。これでお見合い結婚、回避できそうじゃないですか」

一瞬ポカンッとしてしまった正樹に対し、蒔菜はすぐさま反応を見せていた。椅子から立ちあがり絵梨佳に駆け寄ると、その手を握ってピョンピョンッと飛び跳ね喜びをあらわにしている。

「ええ、ありがとう。正樹くんも、ねッ」

満面の笑みで蒔菜に応えた美人教師が顔をこちらに向け、にこっと微笑んだ。その瞬間、正樹は一気に現実に引き戻された。同時に胸に熱いものがこみあげてくる。

「ヤッタぁ！　ふう〜……。おめでとうございます、絵梨佳さん」

小さくガッツポーズをして大きく息をつくと、正樹も椅子から立ちあがり絵梨佳に歩み寄った。喜びと安堵で自然と笑みがこぼれ落ちていく。

「あなたもよ。おめでとう、パパ」

そう言うと絵梨佳がすっと身を預けてきた。正樹はそれを優しく抱きとめていく。

（パパ、か。そうだよな、正真正銘の父親になるんだ。まだ高校生の僕が親に……。まずは高校を卒業してそれから大学は……。責任を果たすなら進学ではなく就職か。絵梨佳さんがどう思っているかはわからないけど、将来はいっしょに……）

改めて意識すると、美沙の妊娠を知らされたとき以上の責任感が湧き出し、自然と将来設計を考えはじめていた。もしかしたら絵梨佳にとって正樹はもう用済みかもしれない。そう思うとなんともいえない寂しさと喪失感がこみあげてきてしまう。

（イヤ、いまそれを考えても仕方がない。とりあえず、赤ちゃんができたことを喜ぼう。あっ！　お母さんにもあとで連絡しないといけないな）

小さく首を振って不安を打ち消すと、今度は孫の誕生を望んでいた母親の顔が浮かんでくるのであった。

「おめでとう、正樹くん」

「ありがとう、蒔菜ちゃん」

女子高生の祝意に素直に礼を述べた正樹は、なぜか蒔菜までもらい泣きしているのを見て、さらにうれし涙がこぼれ落ちた。

「もしかして、絵梨佳さん、最近、体調おかしかったんですか？」

やはり気になるのだろう。蒔菜が指先で目元の涙を拭い美人教師に問いかけた。

「うん、生理が来なかったのよ。それと先週末くらいから、つわりのような症状があって市販の検査キットでチェックしたら陽性だったの」

「えっ！　そうだったんですか？　なんでそのとき言ってくれなかったんです」

絵梨佳の答えに驚いた正樹は、抱きしめている美女の顔を見つめた。

「だって、あれはあくまでも自己検査で確定じゃないでしょう。だから、はっきりさせてからと思って」

「それで今日は午前中から産婦人科へ行っていたんですね」

女教師の答えに再び蒔菜が質問をぶつけた。

「ええ、陽性が出た直後に堂島さんに連絡を取ったのよ。そうしたら、今日の病院の手配をしてくれて、それで。病院には堂島さんも来てくれていたの」

「あぁ、なるほど、そういう手順か。私も堂島さんに連絡する日、来るのかなぁ」

「大丈夫。正樹くんの精液は優秀だから、ちゃんと妊娠させてくれるわよ。ねッ」

「が、頑張り、ます」

優しい微笑みの絵梨佳が小首を傾げるようにしてくるのを、正樹は少し顔を引き攣らせつつ答えた。

「それと、これから先も私とこの子のこと、末永くよろしくね、あなた。二人で授かった大切な命、いっしょに育てていきましょう」

少しはにかんだ微笑みとなった美人教師がチュッと優しいキスをしてきた。

「はい、もちろんです。これからもずっと、よろしくお願いします」

(美沙さんのことはきっと忘れられないだろうけど、でも、これからはずっと絵梨佳さんと産まれてくる子供のために……。こんな綺麗な人といっしょにいられるんだ。絶対、幸せにしてみせる)

絵梨佳の言葉に正樹の背筋には喜びの電流が駆け抜けていた。これからの人生をいっしょに歩む美女をきつく抱きしめ、誓いを新たにするのであった。

5

絵梨佳の妊娠が発覚した一週間後、風呂からあがった蒔菜はバスタオルで身体をくるんだ格好のまま、正樹の部屋へと階段をおりていった。

帰省中の絵梨佳はまだ戻ってきていなかった。当初の予定では週明けに帰京することになっていたのだが、妊娠発覚でドタバタ状態がつづきまだ戻ってこられないようだ。そのため現在、妊活ハウスには蒔菜と正樹しかいなかった。二人も先週末はそれぞれの実家に帰っており、この最後の「妊活」のために戻ってきていたのだ。

（これから数日が私にとってのラストチャンス。確かに私には絵梨佳さんのような切迫した理由はなにもないけど、でも、どうせならちゃんと結果を残したい）

先週、絵梨佳の妊娠がわかる直前の会話で正樹が言っていたように、蒔菜は無理に結果を求める必要のない立場だ。しかし、マッチングミスの発覚後もこうして少年との子作りをつづけているのは、きっと潜在的な妊娠願望があるからに違いない。処女喪失が目的なら、クリアされていたあの段階でリタイアしても問題なかったのだ。

（それも、正樹くんとの子供をってことよね。じゃなかったら、別の、もっと確率の高いパートナーはいたわけだし）

正樹はマッチング順位としては十四番手。悪くはないが上に十三人いる状態で同い年の少年との子作りに戻ってきた意味を意識せずにはいられなかった。それに目の前で幸せそうな女教師の姿を見てしまっては、「私も」の気持ちが強まってしまう。

「正樹くん、入っていい？」

「うん、どうぞって……えっ！　蒔菜ちゃん、その格好……」

「どうせすぐに脱ぐんだし、私の覚悟のあらわれだと思ってよ」

開いたままのドアの前で立ち止まり声をかけると、すぐに少年が戸口に出迎えてくれた。バスタオルを巻いただけの姿に驚きの表情となった正樹にそう返し、蒔菜は部屋へと足を踏み入れた。一瞬、気圧《けお》された様子を見せていた正樹はすぐに立ち直り、ドアを閉め二人きりの環境を作り出してくる。

「本当に今日からがラスト妊活だね。六月に初めてここに来たときはどうなるか不安しかなかったけど、なんか、けっこうあっという間だったね」

「うん。私なんてマッチングミスまでされていたから、ジェットコースターみたいな時間だったわ。だからこそ、最後はちゃんと結果が残るように……」

優しく微笑んでくれる正樹を見つめ返し、蒔菜は身体を包んでいたバスタオルをパサッと床に落とした。メリハリの効いた抜群のプロポーションがあらわとなる。

「あぁ、蒔菜、ちゃん……ゴクッ」

正樹の声が上ずり生唾を飲んだのがわかる。熱い視線が裸体に注がれると、身体全体が火照ってくる。蒔菜の身体に視線を向けたまま、少年がせわしなくパジャマを脱ぎ捨てた。下着がズリさげられた瞬間、いきり立つ強張りがうなりをあげて飛び出す。

「あんッ、すっごい。正樹くんのそこ、もうそんなに大きく……」

下腹部に貼りつきそうな勢いで裏筋を見せつけるペニス。初めて目にしたときは驚愕し、軽い恐怖すら覚えていたのだが、いまではすっかり見慣れてしまった。それどころから、勃起を見ただけで莳菜の下腹部には鈍い疼きが走り、秘唇表面がうっすらと濡れてきてさえしまうのだ。

(男の人の硬くしたのを見てあそこを疼かせるなんて、私の身体すっかりオンナになってるのね。それも全部、初めての私を優しく気遣ってくれた正樹くんのお陰かも)

つい二カ月前までは処女であった自身の肉体変化に少し呆れた思いも抱きながら、それをもたらしてくれた少年への感謝も同時に覚える。

「だって、莳菜ちゃんの身体、本当に綺麗で、スタイルも抜群だから」

ウットリとした眼差しで女子高生の身体を見つめてきた正樹が、ゆっくりと近づいてきた。そっと肩に両手を置かれただけで、腰がぶるりと震えてしまう。赤らんだ少年の顔が近づいてくると、莳菜は静かに瞳を閉じた。

チュッ、優しい口づけがされ、右肩に置かれていた正樹の左手がすぅっと二の腕を撫でつけ、今度はそのまま横方向へと移動してくる。直後、お椀形の豊かな膨らみが優しく揉みあげられた。

「ンぅん、はぁ、正樹、くん……」

弾力の強い肉房から伝わる愉悦に、自然と小さなうめきが漏れ出てしまう。

「はぁ、蒔菜ちゃんのオッパイ、ほんと弾力が強いから、揉みごたえがすごいよ。それに、前より少し大きくなったような……」

慈しむように乳肉を捏ねあげながら正樹が率直な感想を口にしてきた。その瞬間、蒔菜は頬がカッと熱くなるのを自覚した。

「そ、そんなこと、言わないでよ。ちょっと恥ずかしいんだから」

(やっぱりこういうのってわかっちゃうものなのね。そこまで極端に大きくなったわけじゃないのに……)

実際、最近はブラジャーがきつく感じるようになっていたため、実家に戻っていた期間にいつも下着を買っているお店で採寸してもらったところ、トップバストが二センチ弱大きくなっていた。アンダーバストのサイズは変わっていなかったため、それまでよりワンサイズ上のカップのブラジャーに変えたところなのだ。

「じゃあ、やっぱり……ゴクッ」

「そりゃあ、あれだけ正樹くんに揉まれたら……。まだ私、成長期なんだから」

「あぁ、蒔菜ちゃん……本当に素敵だよ」

感嘆の声をあげた少年がいきなりその場で膝立ちとなった。相変わらず右手で左乳房を捏ねあげながら、右の膨らみの頂上に鎮座する濃いピンクの乳首をパクンッと口に咥えこんでくる。

「あんッ！　まっ、正樹、くンッ、はぁ、ダメ、そんないきなり吸わないで」

チュパッ、チュパッと突起に吸いつきぬめった舌先で嬲られると、それだけで蒔菜の背筋には愉悦のさざなみが駆けのぼり、切なそうに腰が左右にくねってしまう。さらには膣襞の蠢きが大きくなり、押し出された淫蜜が内腿に垂れ落ちてきた。

「ンぱぁ、美味しいよ、蒔菜ちゃんのオッパイ。すっごい甘い匂いがして、頭がクラクラしちゃいそうだよ」

いったん乳首を解放した正樹が陶然とした眼差しで蒔菜を見あげてくると、すぐに右乳房にしゃぶりついた。それればかりか左乳房を揉んでいた右手の指がツンッと存在を誇示しはじめていたポッチを摘まみあげ、クニクニッと弄んできたのだ。

「あんッ、正樹、くンッ、はぁ、うンッ、あぁ……」

キンッと鋭い愉悦が脳天を突き抜け、蒔菜の腰が大きく左右に揺れ動いた。さらなる蜜液がジュッと溢れ出し、内腿がいっそう濡れてしまう。

(ダメ、このままじゃ私、オッパイだけでイッちゃうかも)

チュッ、チュパッ、チュチュゥ……。赤子がミルクを求めるような必死さで少年が右乳首を吸い立ててくる。蒔菜はその頭に両手を這わせ、髪の毛をクシャクシャッと搔きむしった。腰の震えが激しくなり、膝までもがガクガクとしてきてしまう。

「ま、正樹くんお願い、オッパイはそろそろ……はンッ！　ダメ、嚙むのはなし」

左乳首を指先で押し潰されながら右乳首を甘嚙みされた瞬間、女子高生の身体はビクンッと大きく跳ねあがり、顎がクンッと上を向いた。一瞬、眼窩《がんか》に悦楽の瞬きが襲い、視界がぼやけてしまったほどだ。それに抗議するように、蒔菜は正樹の頭をポカポカと軽く叩いた。

「ンはぁ、あぁ、蒔菜ちゃん、そんな叩かれたら痛いよ」

「正樹くんがダメなこと、するからでしょう。自業自得」

赤みが増した顔で見あげてくる少年に、可愛らしく頰を膨らませ言い返す。

「ごめん。でも、これも全部、蒔菜ちゃんのオッパイが素敵だからだよ」

「そんなお世辞を言っても許してあげないんだから。どうせ、絵梨佳さんにも同じこと、言ってるんでしょう。絵梨佳さんのほうがずっと大きなオッパイしてるんだし」

「う〜ん、返す言葉がないかも。でも、蒔菜ちゃんのオッパイが素敵なのは間違いないよ。同い年の美人でスタイル抜群の女の子と、蒔菜ちゃんとこういうことができて、ほんと幸せだったと思ってる」

苦笑し、肩をすくめてみせた正樹が直後すっと立ちあがると、真剣な表情でまっすぐに蒔菜を見つめ思いがけない告白をしてきた。その瞬間、胸の奥がギュッと掴まれる感覚に襲われると同時に一抹の寂しさを覚える。

(正樹くん、私とのエッチ、最後だって思ってる？　もうこれでお別れだって)

今月末でプロジェクトが終了すれば今後、正樹と会う機会があるかはわからない。これを機に恋人関係になればもちろん可能だが、絵梨佳の妊娠が判明している以上、その可能性は低いだろう。

「このラストチャンスで私のことも妊娠させてくれれば、これからも……ねッ」

「蒔菜、ちゃん……」

「お願い、私にも赤ちゃん、授けて」

妊娠がわかり幸せそうな顔をしていた美人教師の姿が再び脳裏をよぎった。それに羨望の思いを抱きつつ、蒔菜は少年の肩におでこを預けるように身を寄せた。

「わかった。この数日、精一杯、努《つと》めるよ」

優しく抱きしめてくれた正樹に安心感を覚え、コクンッと頷くと身体を離し、そのままベッドの縁に浅く腰をおろして両脚を開いた。

「あぁ、綺麗だよ。本当に蒔菜ちゃんのここ、信じられないくらいに綺麗だ」

目の前に開陳された女子高生の秘唇に、正樹は感嘆の声をあげた。

ひっそりと透明感に溢れたスリットは、美沙や絵梨佳のように陰唇がはみ出してはおらず、処女と言っても誰も疑わないだろう美しさに満ちている。しかし、その表面はすでに漏れ出た淫蜜によって潤っており、内腿にもうっすらと光沢があった。

(今日の蒔菜ちゃん、いつも以上に大胆だよな。さっきのバスタオルを巻いただけの姿もそうだし、いまだって自分から積極的に脚を開いて……。いっしょに励んできた絵梨佳さんばかりか、お母さんまで赤ちゃんを授かったことを知って、それで……)

いままでの性交は受け身が多かった蒔菜が、この日に限って積極的であることをいやというほど感じ取れていた。

「あぁん、恥ずかしい……。ほんと、何度見られてもこればっかりは慣れないわ」

「その恥ずかしがっている姿がすっごく色っぽいから、そのままでいいよ」

切なそうに腰をくねらせる美少女に微笑みかけ、正樹は鼻の奥をムズムズさせるほどの甘い蜜臭を深く吸いこみながら両手を蒔菜の内腿に這わせた。さらに大きく左右に開かせると、唇を潤んだ秘唇へと近づけていった。

チュッと軽くキスをすると舌を突き出し、漏れ出ていた淫蜜を舐め取っていく。クセのあまりない甘みの中にかすかな酸味が感じられる味わいに、腰が震えてしまう。

完全勃起のペニスが小刻みに跳ねあがり、先走りが鈴口から滲み出していく。

「あんッ、はあ、正樹、くンッ、あぅ、あっ、あぁ……」

蒔菜の腰がビクッと浮きあがり、すぐに狂おしそうに左右にくねっていった。美少女の両手が頭部に這わされ、髪の毛が掻きむしられていく。

チュパッ、チュッ、チュチュッ、チュパッ……。淫裂に丁寧に舌を這わせ、優しく舐めあげてやると、ジュッとさらなる蜜液が溢れ出してきた。鼻腔をくすぐる牝臭もその濃度を増しているのがわかる。強張りを襲う胴震いが少しずつ大きくなってきていた。陰嚢が切なそうに打ち震え、欲望のエキスが早く解放しろとせっついてくる。

(まだだ、もうちょっと……。蒔菜ちゃん、挿れるときにまだ身体が少し強張る感じがするから、もっと先に気持ちよくなってもらわないと)

回数をこなすたびに慣れてはきているようだが、大人の女性である美沙や絵梨佳のようにスンナリと、というわけにはいかなかった。そのため挿入時の負担軽減のためにも先行して悦楽に溺れていてほしかった。

「はぁン、うぅん、あぁ、マサ、きッ、キャンッ！　あぅッ、はぁ、だ、ダメ、そ、そこは、あっ、あぁぁぁ……」

秘唇の合わせ目で包皮からかすかに顔を覗かせていた小さな突起。そこに舌先を押し当てた瞬間、蒔菜の声が裏返り、深く括れた腰にいきなりの痙攣が襲った。そのままベッドに倒れこみ、打ちあげられた魚のようにビクン、ビクンッと身体を跳ねあげていく。いつも以上に鋭敏な反応に正樹自身、驚きを覚えるほどだ。

「ンぱぁ、はぁ、ああ、蒔菜、ちゃん……ゴクッ」

口の周りについた淫蜜を手の甲で拭《ぬぐ》いながら立ちあがった正樹は、しどけなく横たわり、両脚を開いている美少女の痴態に生唾を飲んだ。絶頂に達しながらもいまだほとんど口を閉ざしている秘唇の美しさに腰が震える。同時にそこを征服したいという牡の欲望が、どうしようもなく高まってきてしまうのだ。

「うぅん、はぁ、正樹、くん……」

蕩けた瞳をこちらに向け、おっくうそうに上体を起こす蒔菜の艶めかしさに正樹の背筋がぶるぶるっと震えてしまった。

「蒔菜ちゃん、大丈夫？」

「うん、ごめん、私だけ……。まさか、こんなに早くイッちゃうなんて……。ねえ、ちょうだい。正樹くんのそれ、また私の膣中に、膣奥に濃いのいっぱい……」

可憐な美少女が艶やかなオンナの顔を晒し、裏筋を見せつけるペニスを見つめてきた。視線を感じた刹那ゾクッと腰がわななき、強張りが小刻みに跳ねあがっていく。

「少し休憩してからでもいいんだよ。時間はたっぷりとあるんだから」

「でも、欲しいの。あそこがムズムズしていて、その硬いのでまた思いきり……」

「わ、わかった。ありがとう。実は僕ももうたまらなくなってたんだ」

ちょっと恥じらいの陰を見せつつもまっすぐに見つめてくる蒔菜に、正樹も少しはにかみながら正直な気持ちを吐露した。

「じゃあ、決まりね」

可愛らしくも悩ましい微笑みを浮かべ、蒔菜が四つん這いとなって枕のほうへと向かった。絶頂の余韻を引きずるなかでの無意識な動きだったのだろうが、ぷりんっとしたヒップと清純さと卑猥さがミックスされた淫唇が視神経を刺激し、ゾクッと背筋が震えると同時にいきり立つ強張りが何度も跳ねあがっていく。

「まっ、蒔菜ちゃん、そのままで、その格好のままでいて」

「えっ？」

一瞬キョトンッとした顔をした蒔菜を無視して慌ててベッドにあがった正樹は、すぐさま美少女の真後ろに陣取った。

「まっ、まさか、後ろから？」

「うん、いままでバックからってなかったじゃない。だから、最後の妊活はいままでしていない体位もいろいろと……」

　戸惑いの表情を浮かべた女子高生に頷き返す。処女喪失のセックスは正常位で一度だけ、マッチングミスがあったにもかかわらず正樹を選んでくれた少女との新たな妊活となった先月も、基本的には正常位がメインで騎乗位を試したくらいであった。

「わっ、わかった。でも、この格好、すっごい恥ずかしい。全部、見えちゃってるんでしょう？」

「そうだけど、蒔菜ちゃんの身体はどこもすっごく綺麗だから、恥ずかしがる必要なんてどこにもないよ」

　秘唇はおろか肛門までさらす格好だけに羞恥を覚えるのは当然だろう。それに対して首を左右に振ると正樹は左手を深く括れた腰にあてがい、右手に握ったペニスをたっぷりと濡れながらも口を閉ざしたスリットに近づけた。

「ほ、本当にこの格好で、あんッ、すっ、するのね」

　初めての体位に緊張しているのか蒔菜の声はかすれていた。亀頭が秘唇に触れた瞬間、それが一気に上ずる。腰が不安そうに揺れ動いているのを見ると、正樹の中の保護欲と支配欲が同時に刺激されていく。

「そうだよ、今日は後ろから蒔菜ちゃんを……」

正樹自身も興奮の高まりを感じ声が自然と上ずってきてしまう。

ふぅと息をつくとペニスを小さく上下に動かし、口を閉ざす美しい秘唇の入口を探っていく。生々しい女肉のぬかるみに亀頭がこすられ、射精感が迫りあがってくる。

「はンッ、あぁ、お願い、焦らさないで」

「別に焦らしているわけじゃ……あっ！」

切なそうにヒップを左右に振ってくる美少女に返した直後、ンチュッと亀頭先端が肉洞への入口を捉えた。

「いい、蒔菜ちゃん、イクよ」

囁くように言うと正樹はグイッと腰を突き出した。ンヂュッと粘つく音とともに強張りが狭い膣道をメリメリと左右に圧し開きながら埋没していく。

「ンはっ！　あぅっ、あッ、あぁぁぁぁ、き、来てる……。また、硬くて、熱いのが膣中に、はぁン、ダメ、これ、いつもと感覚が違う」

ビクッと大きく腰を震わせた蒔菜の背中が大きく反り返った。ギュッと一気に締まりを強めた肉洞全体がペニスを雁字搦《がんじがら》めにしてくる。

「うわッ！　締まる。ダメだよ、蒔菜ちゃん、そんな一気に締めつけられたら……。蒔菜ちゃんのここ、くッ、ほんと、キツキツで僕のが押し潰されちゃいそうだよ」

「知らない。私、うンッ、なにもしてないもん。いつもと違うの、先月までの感覚と……はぁ、わかる、正樹くんのがピクピクしてるのがわかるよ」

「だって、蒔菜ちゃんのここ、本当にキツくてエッチなヒダがギュギュッて締めつけてくるから、僕も……。はぁ、動かすよ。蒔菜ちゃんのエッチなオマ×コでたっぷり気持ちよくさせてもらうからね」

迫りあがる射精衝動を懸命にやりすごした正樹は、美少女の細腰を両手でガッチリと摑むと、ゆっくりと腰を前後させはじめた。ンヂュッ、グチュッとすぐさま摩擦音が起こり、肉槍がまだこなれていない柔襞でこすりあげられていく。

「うンッ！　はぁ、別に私のあそこはそんなエッチじゃ」

自身の肉洞を示す卑猥な四文字言葉に、蒔菜の全身が燃えるように熱くなった。

「いや、エッチだよ。だって、こんなにギュウギュウ締めつけながら絡みついてくるヒダヒダを持ってるんだから、くぅぅ、とんでもなくエッチだよ。はぁ、蒔菜ちゃんのでズリズリするととんでもなく気持ちいい」

女子高生の言葉を否定するように囁いた少年が、リズミカルにズンズンッとペニスを出し入れしてくる。刺激を受けることに慣れていない膣襞が抉《えぐ》りこまれると背筋から脳天に痺れるような愉悦が駆けあがっていく。

「あんッ、ヤダ、これ、ほんとに前と違うよ」

正常位で挿れられていたときとは、膣襞をこすられる感覚がまるで別物であった。いままでは上部、お腹のほうに突きあげられる感覚であったがいまは肛門方向を刺激されているようで強い違和感を覚える。

「そうだよ、いつもとは逆方向から挿れてるんだもん。あぁ、蒔菜ちゃんの膣中こっちからでもキツキツだし、ほんと気持ちいい。このままじゃすぐに出ちゃうよ」

「いいよ、出して。また膣奥に熱いのいっぱい……あんッ、赤ちゃんの素《もと》、たくさんちょうだい。私のことも、うんっ、絵梨佳さんみたいに……」

「あぁ、わかってるよ。蒔菜ちゃんのことも絶対、妊娠させるからね」

かすれた声で返してきた正樹の腰が、いっそう速く動きだした。ジュチュッ、グチヨッという性交音がさらに大きくなり、張り出した亀頭により膣襞が勢いよくこすりあげられていく。少年の腰がぷりんっとした双臀にぶつかるたびに、パンッ、パンッと乾いた衝突音が起こり、子宮が前方に押し出されるような感覚が襲ってくる。

「はンッ、あっ、あぁ、正樹、くンッ、あぅ、ンッ、あぁん……」

（す、すごい、なに、これ……。ヤダ、子宮が揺さぶられてるのがわかる。ダメ、こ

んなの頭が真っ白になっちゃうよ）

初めての快感に脳がダイレクトに揺さぶられるような感覚が襲っていた。意識が飛んでしまいそうな強烈な愉悦に、莳菜はベッドシーツをギュッと握りこんだ。

「おぉぉ、すっごい、莳菜ちゃんのここ、いちだんと締まって……そんな思いきり締めつけられたら、僕のが潰れちゃいそうだ。はぁ、でも、とんでもなく気持ちいいよ」

「ほんと？　うンッ、絵梨佳さんにも負けてない？」

「うん、負けてないよ。それどころか、この締まりの強さは絵梨佳さん以上だよ」

裏返りそうな声をあげた正樹はそう言うとさらに律動速度をあげてきた。ペニスによって力強く若襞がしごかれ、いっそう子宮が揺さぶられていく。成長したお椀形の美巨乳がぶるん、ぶるんっと激しく揺れ動く。

「はンッ、あぁ、ダメ、イッちゃう、私、もう……。あぁ、ちょうだい、正樹くんのミルク、私に熱いのいっぱい……あっ！　あぁぁぁぁぁぁぁぁぁッ！」

視界に激しいノイズが走った直後、莳菜の身体に絶頂痙攣が襲った。

「ンほぅ、あぁ、出る、僕、もう、ぐっ、出ッるぅぅぅぅぅッ！」

ほぼ同時に正樹が雄叫びをあげ、ひときわ力強くペニスを穿《うが》ちこんできた。刹那、膨張しきった亀頭が弾け熱い欲望のエキスが子宮に打ちつけられてくる。

(あぁ、出されてる。正樹くんの熱いのがまたお腹に……。これで赤ちゃん、できればいいな)

眼前が真っ白となり意識が飛ぶ直前、蒔菜の脳裏にはそんな思いが浮かんでいた。

エピローグ

「お腹、少し目立ってきましたね」

暑さも和らぎすごしやすくなってきていた十月中旬の放課後、正樹は社会科準備室に来ていた。この日の日本史の授業の最後にまたしてもノート回収を命じられ、クラス全員分のノートを一人で運んできたのだ。

二学期開始早々に絵梨佳妊娠の報は衝撃波をともなって学校中を駆け巡った。絵梨佳ほどの美女が「AI妊活」に参加していたことには驚きが多かったようだが、祝福を持って迎え入れられていた。

当然、父親についても話題にのぼり、カムフラージュのため正樹もそれに加わったりもしていたが、絵梨佳本人が秘していたため二人の関係は守られていた。

表向き、正樹と絵梨佳の関係は教師と生徒であり疑われるような行動はいっさいしていなかった。ただ電話連絡は密に取っており、こうして放課後、絵梨佳しかいないタイミングで社会科準備室を訪れることも増えている。

「うん、四カ月、もうすぐ五カ月だからね」

締めつけを嫌ってゆったりめのワンピースを着ることが多くなった美人教師が柔らかな笑みを浮かべ、膨らみはじめたお腹を優しくさすった。母親となった自覚からか、凛とした中にも丸みのようなものが出てきているようだ。

「つわり、大丈夫ですか？　うちの母がなにかあればすぐ手伝いに行くって言ってましたけど」

「ありがとう。もう終わる頃だから大丈夫よ。お義母《かあ》さまにもそうお伝えして。なにかあれば実家の母も手伝いに来るって言ってたし」

九月早々に両家の顔を合わせはすませており、今後についても話し合われていた。その結果、二人の関係は正樹が高校を卒業するまでは秘し、その後、結婚。正樹はきちんと大学に進学をして就職をする。その間、学業は当然としてしっかりアルバイトもこなし家計を支えることはもちろん、正樹両親も援助をする。絵梨佳は産休を取りその後に復職、という基本スタンスが決定されていた。

「それはそうと、蒔菜ちゃんはけっきょくダメだったの？」

「いまのところ、連絡はなしですね。さすがにこちらからも電話しづらくて。それに蒔菜ちゃんの場合、お母さんが妊娠されたじゃないですか、だからなおさら」

（本当は美沙さんとも連絡取りたいけど、いろいろ難しいよな。それこそ蒔菜ちゃんも妊娠していたら、会うこともできるんだけど……）

美沙のお腹の子供も自分の種であるとわかっている正樹とすればやはり気にはなったが、変に連絡を取ることで迷惑になってもと考え、コンタクトを避けていた。

「私も先月、少しやり取りしただけだわ。蒔菜ちゃんにも赤ちゃんができていれば、私たちの結婚の形も少し変わってくるじゃない。だから、気にはなってるのよね」

今回の政府主導の妊活により複数女性を妊娠させた男性に限って、女性側の完全同意という条件付きながら「重婚」を特例で認めることが最近、閣議決定されていた。

「もし妊活が成功していれば遅くとも今月中には連絡があると思いますから、それまで待つしかないと思います。ですから、絵梨佳さんはくれぐれもお腹の子を大切に」

蒔菜のことも気にはなるが、いまはお腹に子供がいる絵梨佳の身体が大切だ。

「ええ、わかってるわ。それより、ごめんね。全然エッチしてあげられなくて」

「そんなことは気にしないでください。いまはこの子が一番大事なんですから」

すっと身を寄せてきた絵梨佳に首を振り、正樹は美人教師の腹部にそっと手を触れた。ワンピース越しに感じられる温もり、その中に新たな命が宿っているのかと思うと感慨深いものがある。

「そうね。でも、安定期に入ったらちゃんとお相手するわよ」

「あぁ、絵梨佳さん……」

艶然と微笑みかけてくる絵梨佳に、正樹の腰がぶるっと震え、期待をあらわすように学生ズボンの下でペニスが小さく身じろぎしていく。

どちらからともなく顔を近づけ、唇を重ね合った。鼻腔をくすぐる化粧品と絵梨佳独自の甘い体臭にウットリとしつつ、正樹は右手を女教師の乳房へと這わせた。妊娠でさらに量感を増した感触にたちまちペニスが完全勃起してしまう。

「はぁン、正樹、くン」

「来年、ここからミルクが出るようになったら、約束どおり飲ませてもらいますよ」

「ええ、もちろんよ。赤ちゃんが残した分は全部、甘えん坊のパパのものよ」

母性的でありながらゾクリとくる淫性を内包した絵梨佳の微笑みに、強張りが胴震いをしていく。

「エッチな絵梨佳ママに感謝ですね」

そう囁《ささや》き、再び年上美女と唇を重ね合わせた直後、学ランの内ポケットに入れていたスマートホンが振動した。抱擁を解き、スマホを取り出した瞬間、画面に出ていた名前を見てハッとした。ペニスが現実に立ち返ったように急速に勢いを失っていく。

「あっ！　電話、蒔菜ちゃんからです」

悩ましく顔を赤らめている絵梨佳に伝え、正樹は慌てて画面をスワイプした。

「はい？」

「正樹くん、私、蒔菜。久しぶり」

スマホを耳に当てると、美少女の弾んだ声が鼓膜を震わせてきた。

「うん、久しぶり。僕、まだ学校で社会科準備室、絵梨佳さんのところにいるんだけど、ずいぶん声が明るいね。もしかして？」

チラリと絵梨佳を見ると、火照り顔の女教師もハッとした表情を浮かべた。

「うん、いまママと病院を出たところ。三カ月だって。ありがとう、正樹くん。実は先月、生理がなかったんだけどつわりもなくって、不順になっているだけかと思っていたの。でもここ数日、ちょっと違和感があったから堂島さんに連絡してそれで」

「そうだったんだ。いや、こちらこそありがとう。というか、おめでとう！」

こみあげる喜びを噛み締めながら祝意を示し、絵梨佳に向かって右手の親指と人差し指で輪っかを作った。直後、美人教師の顔に満面の笑みが浮かび、抱きついてくると耳元で「おめでとう」と囁かれた。それに無言で頷き返し、正樹は柔らかな肉体を優しく抱きしめた。

「うん、あっ、待って、ママに代わるから」

「あっ、正樹くん、蒔菜の母の美沙です」

「あっ、ご無沙汰しています。あの、蒔菜ちゃんのこと、おめでとうございます」

久しぶりに聞く熟女の艶やかな声にゾクッとさせられつつ、お祝いの言葉を送る。

「ええ、ありがとう。というか、あなたも『おめでとう』じゃない？」

「そうですね、ありがとうございます。あの、今日帰ったらすぐに両親には伝えるので、改めてご挨拶にお伺《うかが》いできればと思っています」

「ええ、わかったわ。また連絡ちょうだい。まさか娘と二人で産婦人科に通う日が来ようとは思っていなかったんだけど、嬉しいものね」

「あ、あの、お義母さんも大事な時期なんですからお体大切になさってくださいね」

「ええ、ありがとう。私はもう安定期に入る頃だけど、大切に育ててるわ」

こちらには絵梨佳が、そして向こうには蒔菜がそばにいるためどうしてもどこか他人行儀な、一般的なやり取りになってしまう。

「ねえ、代わって」

「あっ、すみません、絵梨佳さん、真田先生がお話しになりたいということなので、電話、代わります」

耳元で囁いてきた美人教師の言葉に頷き、美沙に断りを入れてからスマホを渡す。

「あっ、真田です。ご無沙汰いたしております。このたびは娘さんのご懐妊、おめでとうございます。――ええ、はい、私のほうはとりあえず順調で、お母さまは――あぁ、それはよかったです。私は初めてのことなのでいろいろとお教えいただければと――ええ、はい――」

（僕、本当にいきなり三人の、表向きは二人の子供を持つ父親になったんだ。これからは高校生だからとか未成年だからなんて言い訳、できないぞ。もっとちゃんとした人間にならないと。そして産まれてくる子供たちはもちろん、絵梨佳さん、蒔菜ちゃん、それに美沙さんのことも守って、幸せにしていかなきゃだな）

すっと抱擁を解いた絵梨佳が明るい表情で会話を交わしている姿を見つめながら、正樹は父親になる自覚をはっきりと意識していくのであった。

◉新人作品**大募集**◉

マドンナメイト編集部では、意欲あふれる新人作品を常時募集しております。採用された作品は、本人通知のうえ当文庫より出版されることになります。

【応募要項】未発表作品に限る。四〇〇字詰原稿用紙換算で三〇〇枚以上四〇〇枚以内。必ず梗概をお書き添えのうえ、名前・住所・電話番号を明記してお送り下さい。なお、採否にかかわらず原稿は返却いたしません。また、電話でのお問い合せはご遠慮下さい。

【送付先】〒一〇一‐八四〇五　東京都千代田区神田三崎町二‐一八‐一一　マドンナ社編集部　新人作品募集係

AI妊活プロジェクト《えーあいにんかつぷろじぇくと》 僕だけのハーレムハウス《ぼくだけのはーれむはうす》

二〇二二年　九月　十日　初版発行

著者◉綾野　馨【あやの・かおる】

発行◉マドンナ社
発売◉二見書房　東京都千代田区神田三崎町二‐一八‐一一
電話　〇三‐三五一五‐二三一一（代表）
郵便振替　〇〇一七〇‐四‐二六三九

印刷◉株式会社堀内印刷所　製本◉株式会社村上製本所　落丁・乱丁本はお取替えいたします。定価は、カバーに表示してあります。
ISBN978-4-576-22120-5 ◉Printed in Japan ◉©K.ayano 2022

マドンナメイトが楽しめる！　マドンナ社　**電子出版**（インターネット）……https://madonna.futami.co.jp/

Madonna Mate